오늘은 좀 추운 사랑도 좋아

오늘은 좀 추운 사랑도 좋아

문정희 시집

민음의 시

299

민음사

늘 새로 태어나기 바빠
해가 기울어 간 것도 몰랐다.

살과 뼈
들끓는 나로 시를 살았다.

미완성으로 완성이다.

10대 때부터 어린 시인
아직도 어린 시인

그것 참 황홀하다.

2022년, 팬데믹의 여름
문정희

차 례

3부

1부

나 잘 있니

그해 겨울 네가 가지고 간

나

잘 있니?

처음 만나 하얗게 웃던 치아들

바람 속에 빛나던

벌거숭이 나무들

온몸으로 휘달리는 눈펄 속에

지금도 기다리고 있니

깊은 계곡을 배회하는 산짐승 소리로

찾아 헤맸지만

무슨 새가 와서 쪼아먹어

빗살무늬토기처럼 상처만 무성한 나

어디까지 데리고 갔니

처음 그날부터 지금까지

어떤 옷도 걸치지 않아

늘 추운 나

네가 가진 나는 누구였니?

어느 의자에 앉아 건너 숲을 보고 있니?

깊은 눈망울 속에서 나 어떻게 사라져 가니?

겨울 키스

겨울비 온다
불쑥 골목을 가로막고
"이봐! 나와 키스를 해야만 지나갈 수 있어"*
겨울비 달려든다
비에서 사랑니를 뽑고 나온
첫사랑 냄새가 난다
언 땅을 녹이는 푸른 입술이
땅에서 솟아오른다
어떤 기억은 옷자락 끝에
얼룩말로 남아
나와 함께
오래 뛰어다닐 것이다
한번 빠져나간 치아는
다시 돋지 않겠지
뱀눈을 뜨고 겨울비 온다
내 어깨를 차갑게 두드린다
짐짓 그에게 입술을 쏘옥 내어 민다
"더 더 깊이 새겨 줘"

곧 입덧이 또 시작될 것 같다

* 외젠 다비 소설 『북호텔』의 대사.

비누

명성은 매끄러운 비누와 같아
움켜 쥐려 할수록 덧없이 사라진다

오늘 한 시인이
시 한 편을 써서 얻은 이름으로
비누를 사러 갔다

그는 자꾸 향내를 맡아 보다가
첫사랑처럼 애틋하고
마지막 사랑처럼 절박한 향을 골랐다

실은 그 향은 한물간 향이다
봄꽃을 닮아 자유로이 입술을 팔랑이는 척하다가
어딘지도 모르는 곳으로
가벼이 사라지는
흔한 거품 냄새였다

비누는 원래 할 말이 많은 돌이었다*
돌로 여기저기를 팍팍 문지르다가

거품을 주무르다가
물에 녹아 하수구로 사라지는 것이다
세척의 역할 따위를 생각할 겨를조차 없다

명성은 매끄러운 비누의 모습으로
모래 위를 돌처럼 바다거북처럼 굴러다니다가
가뭇없이 바닷물에 쓸려 간다

* 프랑시스 퐁주, 이춘우 옮김, 『비누』(읻다, 2021).

나는 내 앞에 앉았다

문이 열리고 네가 들어왔다
어제 떠난 것처럼
너는 내 앞에 앉았다

스무 번의 봄날을 지나
아니, 서른 번의 겨울을 지나
나는 내 앞에 앉았다
너는 한 번도 떠난 적이 없으니
늘 함께 숨 쉬었으니
나에게서 걸어 나와
다시 내 앞에 앉은 것이다

시간 속에
쫓기며 쫓기며
너는 늘 나에게 속삭였다

네가 변하기 전에
내가 변하면 어쩌지

지금 네가 내 앞에 앉아 있다
나 너를 보낸 적도 없고
너 나를 잊은 적도 없다

아무것도 변한 것이 없는데
무엇일까
이 안개
비애라고?
생각보다 무게가 나가는군

문이 열리고 네가 들어왔다
나는 내 앞에 앉았다

절벽 위의 키스

바닷가 절벽 위에서
절박하게 서로를 흡입하던 그 키스
아직 그대로 있을까
칠레 시인의 집, 야자수 줄지어 선 낭떠러지
부릉거리는 모터사이클 곁에 세워 두고
싱싱한 용설란 가시 치솟은 사랑
흰 언덕들 흰 넓적다리
절벽 아래로 굴러떨어졌을까
사랑은 짧고 망각은 길어*
독재와 혁명처럼
성난 파도 속으로 밀려갔을까
거품으로 깨어지고 말았을까
기념관 속 시인이 벗어 둔 옷보다
위대한 문장보다
살아서 위험하고 아름다운
절벽 위의 키스
아직 타오르고 있을까

늙은 아이 하나 키우고 있을까

* 파블로 네루다, 「오늘 밤 나는 쓸 수 있다」.

망각을 위하여

봄부터 가을까지 내가 한 일은
그동안 쓴 시들을 고치고 주무르다가
망가뜨린 일이다
시는 고칠수록 시로부터 도망쳤다
등 푸른 물고기떼 배 뒤집고 죽어 가듯이
생명이 빠져나갔다

꽁지 빠진 새처럼 앙상한 가지에 앉아
허공을 보고 나는 조금 울었다
벌목꾼처럼 제법 나이테 굵은 침엽수 활엽수
다듬고 쪼개다가 불쏘시개를 만들고 만 것이다
지난봄부터 가을까지
헛것과 헛짓에 목매단 것이다

나는 울다가 눈을 떴다
그래 이대로 절뚝이며 살아라
나 또한 헛짓하며 즐거웠다
나는 시들을 자유로이 놓아주었다
부서진 욕망, 미완의 상처에서 흐르는 피

불온한 생명이여
어쩌다 내가 기념비적인 기둥 하나를 세웠다 해도
얼마 후면 그 기둥 아래
동네 개가 오줌이나 싸놓고 지나갈 것을*

* 헝가리 소설가 산도르 마라이.

네가 준 향수

네가 준 향수는 악마를 품고 있다
금서의 문장처럼 두려운 독을 품은 것 같다
어지러운 밤, 고백하건대
사랑은 한 가지 냄새가 아니다
사랑은 가뭇없이 몸을 바꾸고
사라지고사라지고…… 그것만이
뜻밖에도 그것만이 사랑이다
사라지기 전에 입술로 훅 불어 꺼 버리고 싶은
네가 준 향수
추억 창고에 방치되었다가
유령을 키우다가
태풍 지나가기도 전에
빗물로 떠내려가기 전에……
네가 준 향수는
뿌리자마자 달아난다.
악마보다 요망하다
이것을 겨우 사랑이라고 보냈느냐
너는 강물을 한 번도 건너 본 적이 없어
그 깊이를 모르는 나비가 아니겠지?

어느 소년이 쓴 시 속의 부드러운 분가루 그런……?

머리카락

머리카락으로 허공에 매달리는 마술을 하는
루마니아 집시*가
내 머리칼을 만지며 말했어
생각이 많으면 머리카락이 가늘어져요
당신은 그리움과 슬픔이 너무 많아

그녀는 달그림자 같았어

머리칼로 허공에 매달리는 그녀가
원시림처럼 우거진 내 머리칼을
점자를 더듬듯이 느리게 만졌어
내 머리칼 속을 흐르는 여울물 소리
별들이 돌들이 흐르는 고향 버드나무 길
가늘고 길게 난 길을 따라
아침저녁 솟아오르는 안개를 따라갔어
이윽고 먹구름을 품은 나무들
뿌리 쳐들고 휘날리는 바람을 만졌어

당신의 머리칼은 너무 가늘어요

당신이 머리카락으로 허공에 매달리는 것은

허공이 되는 것은

그 때문이에요

* 이글라야 페터라니, 배수아 옮김. 『아이는 왜 폴렌타 속에서 끓는가』(워크룸프레스, 2021).

탱고의 시
— 부에노스 아이레스의 기억

유랑의 악보 속에
맨다리 숨기고
붉은 죄 휘감고 치솟다가
풀고
풀어 주고
다시 뜨거이 휘감는다

당신 입술 과일도 아닌데
파먹고 싶어
가쁜 숨결
맨발로
소나기 비통하게 땅을 두드리는 밤

당신은 탱고
슬픈 새의 춤
집시의 피가 속삭인다
당신은 카스카벨*

은방울 심장을 통통 두드린다

* cascabel. 스페인어로 방울, 맑고 쾌활한 사람.

아침 뗏목

허공을 향해 반역처럼 일어선
시인의 옥탑방
어떤 노를 저어야 여기 닿을 수 있을까
밥 먹고 시 쓰는 식탁 한 개가
나침반처럼 놓인
아침 뗏목
구글 내비게이션으로 닿을 수 없는
불온한 주소에서 브런치를 한다
가벼운 깃털 같은
그녀가 커피를 끓인다
무릎 아래 서울이 회색 옷을 입고 도열해 있다
그 흔한 빈곤마저 보기 좋게 따돌린 그녀가
피아졸라의 볼륨을 올린다
오블리비온! 흠 망각이라?
과거와 미래가 착륙을 시도하다가
오롯이 아침만 남겨 놓고 사라진 뗏목
창밖에 구름이 고양이처럼 꼬리를 쳐들고 지나간다
빗살무늬 머리칼로 부서지는 햇살 속으로
지상의 무게와는

사뭇 다른 커피 향이
유랑의 무리처럼 퍼져 간다

망한 사랑 노래

요즘 내겐 슬픔이 없어

무엇으로 사랑을 하고 시를 쓰지?

슬픔? 그 귀한 것이 남아 있을 리 없지

창가에 걸어 두고 흐린 달처럼

조금씩 흐느끼며 살려고 했는데

슬픔이 더 이상 나를 안아 주질 않아

멍할 뿐이야

행복도 불행도 아니야

서양 사람처럼 어깨를 으쓱 들었다 놓아

말하자면 폭망한 것 같아

슬픔은 안개 속에 서걱거리는 강철

그것으로 50년이나 시를 썼으니

내가 나를 뜯어 먹었으니

당연히 망하지

가시도 뼈도 없어

상처도 딱지 진 지 오래

베레부렀어

손에는 허망을 쥐려다가 찔린

핏방울…… 오오…… 향기롭고 독한

그 이상은 나도 몰라
내가 본 것이 본 것이야
슬픔? 나를 두고 어디로 갔지?
아니, 슬픔이 뭐야
시? 망한 사랑 노래야

* 버려버렸다의 전남 방언. 다 틀렸다, 모두 망쳤다는 뜻.

젊은 나에게

사랑하는 너를 데리고 갈 데가
결혼 말고는 없었을까
타오르는 불을 지붕 아래 가두어야 했을까
반복과 상투가 이끼처럼 자라는
사각의 상자
야생의 싱싱한 포효
날마다 자라는 빛나는 털을 다듬어
애완동물처럼 리본을 매달아야 했을까
침대 말고 아이 말고
내 사랑, 장미의 혀
관습이나 서류 말고
아찔한 절벽 흘러내리는
모래 모래 모래시계
미치게 짧아 어지러운 피와 살
무성한 야자수 하늘 향해 두 손 들고 서 있는
모래 모래 모래사막
독수리의 이글거리는 눈망울을
사랑하는 너를

이 길이 선물이 아니라면

이 길이 선물이 아니라면
햇살마다 눈부신 리본이 달려 있겠는가
아침저녁 해무가 젖은 눈빛으로 걸어오겠는가
이 길이 선물이 아니라면
고요가 풀잎마다 맺히고
벌레들이 저희끼리 통하는 말로
흙더미를 들추어 풍요하게 먹고 자라겠는가
길섶마다 돌들이
무슨 말이든 하고 싶어
바람을 따라 일어서겠는가
발뒤꿈치를 들어
나는 그저 어린 날 배운 노래를 흥얼거리며
걸어 보는 길
산꼭대기까지 올라간 눈이
여름이 되어도 내려올 생각 없이
까치처럼 흰 눈을 머리에 쓴 채
그윽한 눈으로 내려다보는 이 길
설산으로 향한
이 길이 선물이 아니라면

2부

투포환 선수

야생적인 몸무게 때문이었을까
시골에서 전학 온 날
하얀 서울 선생님은
너는 시를 쓰는 것보다
투포환 선수가 돼 보라고 했다

멀리 던져도 튀어 오르지 않는
쇠로 만든 공! 번번이 눈앞에서 고꾸라지는
참을 수 없는 존재의 무거움!
어서 지축을 울리는 리듬을 만들어
땅속의 봄을 깨우고 싶은 나는
자칫하면 욕망의 무게가 발등을 찍어
발자국마다 흐르는 피가
천 갈래 뿌리에 스밀지도 모르는
투포환 선수를 꿈꾸는 것이 두렵기만 했다

바람 한 점, 숨결 한 점, 불어넣지 않고
뜨거운 쇳덩이로
공을 만든 이는 누구일까

어떤 이상한 시인일까
희망은 날개를 달고 있다는데
깃털 하나 없는 쇳덩이를
밤낮없이 나는 멀리멀리 던졌다

지금 몇 살인가, 길은 막다른 벼랑
어떤 언어가 쿵쿵 땅을 울렸는가
뼈에서 솟은 눈물방울을
아이구 세상에나!
나는 지금도 던지고 있다

도착

이름도 무엇도 없는 역에 도착했어
되는 일보다 안 되는 일 더 많았지만

아무것도 아니면 어때
지는 것도 괜찮아
지는 법을 알았잖아
슬픈 것도 아름다워
내던지는 것도 그윽해

하늘이 보내 준 순간의 열매들
아무렇게나 매달린 이파리들의 자유
벌레 먹어
땅에 나뒹구는 떫고 이지러진
이대로
눈물나게 좋아
이름도 무엇도 없는 역
여기 도착했어

나의 검투사

― 젊은 시인 K의 편지

검투사의 신발을 신고
당신이 초청 시인 북 토크에 나타났을 때
대뜸 알 수 있었어요
당신은 반복되는 일상에 잡아먹히지 않으려고
피투성이로 싸우고 있다는 것을

언어로 자신을 파서
핏방울로 솟아나는 용설란 가시
그 뾰족함으로
상투에 길들지 않으려고
작두를 타고 불협화음을 만들며
자신에게 마구 덤비고 있었어요

날선 검을 휘두르는
검투사, 내가 만난 첫 여시인
당신을 처음 만난 날
아, 나도 시인해야지!
내 손에 불끈 솟는 칼날을 보았어요

그녀, 엄마

사람으로는 더 할 수 없는
짐승 같은 사랑으로
나를 싸안던
무성(無性)
엄마라는 인종

눈물로 핥고 혀로 묶어
피와 살로
사랑을 꽃피우고
끝내는 가 버린
엄마라는 슬픔

난 아니야, 난 안 할래
등에 얼음 박힌 초겨울 빈 집 하나
상실과 폐허로 가득 채워 놓고

엄마! 어디 있어?
나 여기 있어!

부엉이 시인에 대한 기억

시인은 밤의 강가를 떠도는 부엉이다*
나는 부엉이가 두렵다
폭력과 어둠을 울다 감옥에 갇히고
그사이 그만 유명해진 부엉이를 만났다
그는 굳이 유명을 바랐던 것은 아니지만
이름으로 자신을 보호할 수 있기에
애써 바랐던 것인지도 모르지만
87세 소년 시인!*은 이국 도시 가는 곳마다
카메라에 둘러싸이고
사인을 하느라 진땀을 흘렸다
해마다 무슨 큰 상 후보로 점찍혀 인터뷰하고
같은 대답을 반복하며 포즈를 취하는 그에게
유명은 누구 말처럼 성가신 사건
그래서 그가 점유한 고지를 좀 냉소해 주려고
눈에다 불을 켜고 사흘을 살폈지만
처음부터 아이 그대로
구기는 데로 펴는 데로
그는 강가를 떠도는 부엉이
유명을 소비하는 서점이든 도서관이든

아무나 만졌지만 누구도 만지지 못했다

* 아도니스(1930~). 시리아의 시인. 망명 후 현재 파리 거주.

디자이너 Y

옷을 다 만든 후
가위로 겨드랑이에 구멍을 낸다
소매를 짝짝이로 만든다. 그는
그때부터 디자이너 Y다
인간이란 미흡한 존재
인간이 만든 사랑은 위대하지만
인간은 미흡한 그대로 아름다워
그의 손으로 만든 옷은
완벽해선 안 되는 것 같아
치마의 길이를 앞뒤 다르게 자르고
조끼도 한쪽은 뒤집어 놓는다
흔한 옷은 불편해
진부한 시집처럼 던져 버리고 싶어
상투어, 무난한 진술, 이미 다 아는데
혼자만 아는 것처럼 으스대는 자아도취
청승 혹은 낭만을 가장한 시골뜨기를
설익은 지적 사기를 유난히 못 참는다
나는 너와 다르다
오직 하나인 옷

다 만든 옷을 잘라 미완성을 만든다
그것이 그의 완성이다
완성을 향해 가고 있는
그 언어만이 시라고 생각한다
Y를 유난히 편애하는 나는
지난 3년 동안 쓴 시를
다시 자르고 고치다가 다 망가뜨렸다
위기의 주소에서 진땀을 흘리다 말고
나는 환호작약했다
아마 여기까지 나는 시인이다

수상 소감

이슬 더불어 하늘로 간 시인*의 이름으로
문학상 시상식이 열린
지리산 중턱
천만 개 물방울이 한꺼번에 태어나고 사라지는
계곡의 함성, 그 곁에서
무슨 말을 더 해야 하나
하늘 향해 두 손 들 수밖에

졌어요! 나 졌습니다!
이 말 외에 할 말 없어
바위들 숨소리
멧새들 부엉이들
산짐승과 더불어 사는 바람보다
더 시원하고 눈부신 소감 떠오르지 않아
그냥 두 손 들 수밖에

이윽고 햇살이 나를 응시하는가 싶더니
긴 머리칼을 헤치고
따스한 입술을 갖다 대었지

뜬구름 한줄기 목에 걸어 주었지
시인들이 초록 나무처럼 둘러 서서
일제히 축하 박수를 쳐 주었지

* 천상병.

시시

시시! 하다가 그만 시시해지고 말았다
뼈 마디마디 숭숭 구멍 뚫려
삐걱대는 시간
물무늬 반짝이는 백지 한 장이
전 재산이다

어제 질병 관리소에 코비드 항체검사를 갔다가
코를 쑤시기 전 직업을 묻는 항목에
시인! 하려다가 그런 조항이 없어
전문인 예술인 하다가 그도 마땅치 않아
팔자에 없이 스쳐 간 교수라고 썼다

시는 침묵이 쓰는 것
시는 뼛속에 뚫린 구멍에서
태어나는
피리 소리
혹은 버섯 피는 소리를 받아쓴 작곡가처럼
아직 누설되지 않은 비밀에
눈과 코와 귀를 박는 것

빈 항아리처럼
허공을 향해 흐느끼는 속울음

그러니 시시!하던 내가
직업란에 무엇을 쓸 수 있을까
생애를 던졌다지만 어느 직업군에도 없는
그리운 이름 하나 되려고
기꺼이 시시! 하다가
원 없이 시시해지고 말았다

시인의 장례식

시인의 장례식은 없어요
시인이 죽고 난 후
시인의 시가 사라질 때
그때 시인은 죽는다고 해요
시인은 장례식 없이 망각으로 사라지거나
책 속에 살아 있어요
시인의 장례식은 시간이 치르어요
시인은 노래하고 사랑하고 분노할 뿐이어요
어떤 시인은 영속(永續)에 대한 갈망으로
서둘러 시비를 세우고 기념관을 짓지만
그런 시인일수록 목숨이 죽자마자 죽는다고 해요
시인의 장례식은 없지만 아니 장례식을 한 후에도
천년을 사는 시인도 있어요
지상의 집에는 맞지 않은 열쇠를 들고
가문도 족보도 없이 떠도는
시인은 물결에다 시를 써요

어디를 열어야 당신일까

어디를 열어야 당신일까
난해한 신호등처럼
단추는 어렵고
많기만 해

당신을 열고 싶어
당신의 슬픔과
흉터를
그러면 나도 열릴 것 같아

하나씩 잘못 채워진
내 사랑
멀리 가 버린 배꼽을
열고 싶어

그 속에
신을 닮은 아기
내 사랑 살고 있어

어린 떠돌이

어린 떠돌이? 이게 가능한가요?

어린 시절, 학창시절, 젊은 시절 떠돌이

이 중 무엇이 맞나요?

한밤중 캘리포니아 번역자에게서 온 전화다

11세, 두 다리 가느다란 작은 새

책가방 메고 기차 타고 집을 떠난 이후

벌거숭이 어린 떠돌이

그게 나입니다

당신의 부모가 집시였나요

아뇨, 풍부한 슬픔과 넓은 폐허를 소유한

부자였어요

먼 바다와 물살을 내다보는 눈을 가졌어요

그래서 나를 방목했어요

빙판과 사막을 홀로 떠돌며

나는 알았어요. 어디에도 나를 꽂을 데가 없어

굴러다니는 떠돌이 풀

유랑이 나의 주소

그것을 당신이 번역하지 못하는 것은 당연해요

참 특이한 이력의 시인이네요
얼른 한번 만나고 싶어요
지금은 어디를 떠돌고 있나요
나도 몰라요. 이 길의 이름
떠돌고 있을 뿐

여기까지 나를 끌고 온 것은 무엇인가

여기까지 나를 끌고 온 것은
무엇인가
나는 시에게 물어보았지만
시는 답을 주지 않았다

오늘 식당에 들어서자 체온을 재라고 했다
36도 3부 정상입니다
기계가 판정해 줬다
발원지가 어디인지 모르는
위험한 절벽, 끝내 음악이어야 하는 내 몸은
간절한 호흡으로
정상을 유지하고 있다

여기까지 나를 끌고 온 것은
무엇인가
앞으로 날면서 머리는 돌려 뒤를 보고 난다는
신화 속의 새 필리스틴처럼
나는 기억을 꺼내 시를 쓰며
앞으로 가며 묻는다

세계가 비정상인데
나는 왜 정상이어야 할까

눈송이 당신

처음 만났는데
왜 이리 반갑지요
눈송이 당신
처음 만져보는데
무슨 사랑이 이리 추운가요
하지만 오늘은 좀 추운 사랑도 좋아요
하늘이 쓴 위험한 경고문 같아요.
발자국도 없이 내 곁에 온
하늘의 숨결
눈송이 당신
슬며시 당신을 좀 먹고 싶어요
당신의 눈부심을
당신의 차가움을 혀로 핥고 싶어요
이윽고 당신의 눈물과 함께
깊은 땅속으로 녹아들고 싶어요

인생

확! 살아 버려야 해
휙! 가 버리거든

허공에
쫘악!
눈부신 줄 하나 긋는
별

활 활 타며 사라지는
운석처럼

난징의 저녁

내 다섯 살을 깨우는 자라탕을
고도 난징에서 다시 만났다
생물 중에 장수한다는 거북의 종족
중병 앓는 아버지를 위해 구해 온 자라탕이
이국의 저녁 식탁에 올라
둔중한 마두금 소리로 비통을 깨웠다

속울음 같은 냄새
어린 딸은 병든 아버지의 무릎에 앉아
자라탕을 받아먹었다
아버지 떠난 지 40년도 넘었지만
검푸른 유년의 냄새
밤새 울고 난 것 같은 도시
난징에서 재회했다

이국 시인들에게 시 한 수를 청해 듣는
선봉서점의 축제를 마치고 돌아와
진미 자라탕을 목구멍으로 넘기는 우아한 저녁
백약 무효의 아픔이 뼈를 휘젓는다

홍차에 적신 마들렌으로는 결코 닿지 못할
천 길 자라탕을 밤새도록 따라가면
아버지가 있을까
나의 다섯 살이 있을까
목젖으로 컥컥! 상처의 언어를 삼키는 밤이다

첫눈은 못질 소리로 온다

창문 좀 열어 봐
첫눈이 온다
순간 전화기 저쪽에서 터뜨리는
절규가 허공을 뚫는다
"지금 시아버지 입관 중"
쾅쾅 못질 소리 들린다

그 후 첫눈은
못질 소리로 온다
너와 나 사이
허공과 흙 사이
한 사람이 떠나고
또 한 사람이 떠난다

실존과 실존 사이
빙벽 같은
고독이 쌓인다
못질 소리가 쌓인다

참다 참다 내리는 첫눈은

빙하기의 도래를 예고하며

못질 소리로

빗살무늬로 쾅쾅쾅 내린다

카페 단테

어디에 있다가 슬며시 곁으로 다가드는
오후의 시간은
카페 단테에나 들르는 시간
탈곡기 같은 소리로
사랑의 허위를 누설하는 시간
무용담이 좀 끼어들어야 재미있지
나 너 사랑했어!
덜컥 이런 문자를 보내고 싶은 시간
마적 떼 밀려오는 서부영화 장면처럼
말발굽 소리로 스쳐 버린
그것이 무엇이었을까
그냥 질풍처럼 내달았어야 했을까
잘못 살았나 봐
마른 갈대밭 기러기 깃털을 뜯어내며
머그잔 가득 모래 폭풍을 마시는 시간
오후의 시간은
햇살에 굴복하여 피기도 전에 시드는
붉은 장미 발아래 가득해
불현듯 중요한 볼일이나 있는 듯이

카페 단테에나 들르는 시간

희귀종

날은 더운데
뉴스들은 꽁꽁 얼었다
시야가 뿌연 안개 속의 정치와
급강하한 경제 지수
나는 미아 찾기 전단처럼 막막한 시를 쓴다
문학은 다만 뉴스로 소비되고 말 것이라는
경고를 수년 전에 들었지만
썩은 나뭇가지에 앉아 우는
희귀종 새처럼
아직 울고 있는 시인이
박제가 된 천재보다 반갑다
사실 나도 그중의 하나이고 싶다
나는 계산에 밝지만
한없이 어리석은 부분이 바로 여기
이 어리석음이 어느 권력보다 자랑스럽다
패키지 관광단을 이끌고 유명 관광지를 다니는
장사꾼들과 기회주의자로 뒤덮인 거리
좀 떨어진 곳에 은거하는
고독의 혈족

희귀종 새들이 입술을 떨며
급강하한 추위를 견디고 있다

보고 싶은 사람

아흔세 살 노모가 자리에 누운 지
사흘째 되는 날
가족들 서둘러 모였다

어머니! 지금 누가 젤 보고 싶으세요?
저희가 불러올게요
아들이 먹먹한 목청으로 물었다
노모의 입술이
잠에서 깬 누에처럼
잠시 꿈틀했다

엄마!
아흔세 살 아이가
해 떨어지는 골목에서
멀리 간 엄마를 찾고 있었다

독립문을 지나며

가을날, 네가 그리워 지하철을 탔다
독립문역을 지나며
독립과 문? 심오한 역 이름에
새삼 소름이 돋는다
혼자 밥 먹고 혼자 말하는
독거의 시대, 나 홀로의 문이 독립문이다
하지만 오랫동안 나는 대한 독립 만세만 떠올렸다
독립문을 지나며
식민지 36년, 그보다 더 긴 시간을
분노와 미움으로 채웠으니까
국가와 민족 말고 내 편과 네 편 말고
나 홀로의 독립과 독립문을 열고 싶다
가을날, 네가 그리워 지하철을 탔다
지하철은 곧 종점에 가까워지고 있다
아직 일동 만세 삼창에 나는 매달려 있다
네가 그리워
지하철을 타고 독립문역을 지난다
어쩌면 나는 식민지를 건너다 끝날 것 같다
벌써 해가 저물고 있다.

내가 만든 나라

하늘 아래 어느 작은 나라 여자들은
아이를 잉태하면 조용히 수를 놓기 시작해요
풀 꽃 새 별을 수놓고 나서
한쪽은 환하게 비워 두어요
배 속의 아기가 나중에 수놓을 자리
환하게 비워 둔 채
수놓기를 완성해요

하늘 아래 어느 작은 나라 여자들은
영원히 살 수 없으므로
비밀처럼 자리 하나를 비워 두어요
아기는 또 아기를 위해
비워 두고 비워 두고
그렇게 수놓기를 완성해 가요

그 나라가 어디 있느냐고
지구 안에 있는 나라냐고 묻지 마세요

글쎄, 말하자면 내가 만든 나라니까요

하늘 아래 시의 나라
비워 두고
비워 두고
텅 빈 것이 많은
지도에는 없지만 미래 같은
그 나라에 태어나 아이를 잉태하면
비워 두고 비워 두고
시를 쓰는 여자 시인처럼

3부

벌집

벌집 구멍마다 허공이 있다
전에는 벌꿀이 있었는데
이젠 허공뿐이다
사랑은 모텔에서
프러포즈는 이벤트로
아이는 시험관으로
장례는 땡처리하듯 화장으로 또는
뼛가루 바람에 날리는 수장(水葬)으로

조류 독감에 쫓기다, 결국 코로나19에 쫓기며
퀵 배달로 시킨
죽은 살코기를 먹는 봄날

벌집에서 기형의 벌들이
붕붕거린다
꿀 대신 독을 만드는 대단지 구멍에 갇혀
사람들은 벌에 쏘인 듯 후끈거리는
백신을 살 속에 투여한다

내가 TV라면

내가 TV라면 어느 하루는
화면 가득히 강물만 흐르게 하겠다
한강에서 라인 강까지 도도히 흐르게만 하겠다
상쾌한 바람 소리와 함께
해 질 때까지

떠벌이 장사꾼들의 선전과
정치가들의 악수와 빤질거리는 검정 구두들
짙은 화장으로 변장한 배우들과 가수들
아구아구 욱여넣는 음식들 목구멍들
사기꾼과 강도와 쓰레기 다 쓸어 버리고
내가 TV라면 문득 하루는
화면 가득히 푸른 하늘만 흐르게 하겠다

명령과 폭력, 조직과 하수인들의 하수구와
들끓는 자본주의 대신
유유히 흐르는 풀밭과 바람 소리만 보여 주겠다
광활한 시간, 덧없이 꿈틀대는 힘줄들
모래알 반짝이는 존재를 가만히 내보내겠다

시청률 실패는 축복!

오직 실패한 작품만이 성공*이라는 것을 알 일이다

* 장 콕토.

예술가와 상

예술가에게 상(賞)이란 축복이면서 재앙*이라고
런던에서 그녀가 말했다
사진 찍기와 인터뷰로
삶이 망가져 버렸어

굶주림 끝에 목숨 걸고 뛰쳐나와
다른 나라 대사관에 진입하여
구조 요청하는 망명자처럼
저항 작가이던, 매소부(賣笑婦)이던
철조망을 뛰어넘어 구조 요청을 하듯이
덜컥덜컥 상을 받는 예술가들

상이란 나비 날개에 묻은 꽃가루처럼
덧없는 것*이라지만
그럴듯한 이름으로 던져 주는 상패와 상금을
비장한 폼으로 받아 겁없이 둘러 마시며
시대와 이름에 아첨을 하지

그런데 얼마 전 시상식에서

크리스탈 상패를 받아 의자에 놓았다가
그만 깨뜨리고 만 젊은 시인을 만났지
그는 남은 상패 조각마저 뒤풀이자리에서 잃어버리고
빈손으로 돌아갔다네
상이라는 것은 질투의 대상이 안 되는
만만한 작자에게 주는 것
항상 그들의 속을 썩이는 대상한테는
절대로 안 주는 법이라고 말한 소설가도 있었지
그래, 건강한 놈에게
무슨 보약까지 먹일 일 있을까

그래도 떫은 상은 즐겁고 상금은 클수록 괜찮아

* 순서대로 도리스 레싱, 파블로 네루다.

여자 작가

빨래를 널고 와서 책상에 앉는다
토막 난 글은 다시 살아나지 않아
식어 버린 차를 마신다. 집중은 흩어진 지 오래
결국 이번에도 불임이 될 것 같다
택배로 주문한 책을 받아 냉장고에 넣고
인근 카페로 나가 써 볼까
시립 도서관은 멀고 춥다
중국의 한 여성 작가는 화장실에
널판때기를 올려놓고 글을 썼다
단칸방 시절 부엌 식탁에 앉아 글을 쓰면
마늘냄새가 온 몸을 관통했다
아이가 학교에서 오기 전
시장에 다녀와야 하므로
침대에 엎드려서 써 볼까
나만의 자궁이 없는 나, 실은
몸속의 자궁도 출산 후에
물혹이 생겨 떼어 내고 말았다
글을 쓰고 해골이 될 때까지
연애하고 싶다. 내가 명작을 못 쓰는 것은

나만의 자궁이 없기 때문이다
일상에 물어뜯기지 않으려고 머리를 늘어뜨리고
광녀처럼 울었지만
하루가 또 가뭇없이 사라진다
사라짐만이 오직 현실이다

코레의 레전드를 생각하는 파리의 아침

겉멋도 때로 유용해요. 파리의 아침 카페
시몬 드 보브아르 이름이 새겨진 의자에 앉아
탕약 같은 에스프레소를 마셔요
맞은편 사르트르에게 말해요
으흠! 나는 하늘 담요를 타고
저 먼 한국 땅 모악산으로 날아갈 거예요
고수부*라는 여인을 만나러요
100년도 더 전 남편의 배 위에 올라탄 여인을
당신은 아세요?
사람이 하늘이다! 여자와 남자가 똑같이 하늘이다!
퍼포먼스를 벌인 호남 땅 아낙
좁은 땅 도처에 썩은 새끼줄처럼 걸린
인습과 차별을 자르고 싶어
무릎 펴고 일어선
조선 말 코레의 레전드를 아세요?
실은 보브아르보다 먼저
인본(人本)세상을 외친 고판례라는 이름의
우먼파워를 세상은 몰라요
맞은편에 앉은 사르트르가 눈을 껌벅여요

파리의 아침 카페에서
쓸개즙 같은 에스프레소를 마셔요
여전사처럼 펜을 휘두른
시몬느 드 보브아르의 철재 의자를 흔들어요

* 고수부(高首婦)(1880~1935): 본명 판례(判禮).동학 후 남편 증산(강일
순)과 종통 전달식을 하고 교단을 세움.

타조 울음
— 쿠웨이트 사막에서

사막보다 먼저
녹슨 타조 떼가 달려들었다
당신들 누구냐?
사막에 불시착한 비행기 앞으로
무더기무더기 군무의 자세로
철골 잔해가 사방에서 달려들었다
죄 하나 없는 사막
아직도 생생한 걸프전이
전쟁의 비극을 증언하며
포스트 모던한 포즈를 취하고 있었다

그들은 승리만 챙겨들고 떠났다
선진국의 계산으로
수송비보다 버리는 것이 이익이라
전쟁의 잔해들은 여기 던져두고
승리만 챙겼다

신이 많은 중동! 왜 물이 솟지 않고
검은 기름이 솟을까

비디오 게임처럼 CNN은 살육을 생중계하고
세계는 전쟁의 화염을 가슴 조이며 즐겼다

며칠 전 뉴스는
미국이 탈레반에게 던지고 떠난
수조원의 무기를 보도했다
십 년도 더 전에 사막에 불시착하여 만난
타조 울음이
다시 나의 식탁으로 밀려드는 아침이다

국경 마을 내 친구들

이상도 하지, 어린 시절 코 흘리던
내 친구들 모두 여기서 만난다
흑해 부근 긴 철책 따라 늘어선 국경 마을
자라기도 전에 벌써 늙어 버린 아이들이
눈알을 번뜩이며 나를 에워싼다
친구보다 원수라는 말을 먼저 배운
맨발 벗은 친구들
탄피 주워 소꿉놀이하던
한국 전쟁 후 어린 들개들
모두 여기 와 있다
무슨 선물을 좀 주나
미군 트럭을 따라가며 얻어먹은
껌과 초콜릿 대신 K팝 사진이라도 줄까
가방을 열기도 전에 피 튀기는
살육전이 시작된다
옛 친구들에게 울 듯이 소리친다
제발 그만 둬, 사우스여 노스여
언제 한번
언제 한번

진짜 아이로

진짜 사랑으로 살아 볼 거냐?

모든 길에는 야생 개가 있다

모든 길에는 야생개가 있다
해 저문 튀르키예 산골 타타르 마을
야생 개 떼에게 둘러싸였다
내 안에서 무슨 이방의 악령을 본 것일까
칼날처럼 번뜩이는 광포한 이빨
무슨 적의와 두려움이 이리도 큰가
처음 만난 너와 나 사이
하지만 네가 짖지 않으면 내가 짖었을 것이다
개와 싸우지 마라. 짖는 개와 일일이 싸우다
언제 고향에 돌아갈 수 있겠느냐
옛 속담을 애써 떠올리며
언어가 아닌 식식거림뿐인 너에게 웃음을 보낸다
이상한 슬픔이 솟아오른다
하얀 노인이 마치 전생처럼 나타났다
딸아, 오래 기다렸다
그녀는 덥석 천년 전 내 손목을 잡는다
눈 깜작 사이 전설의 신라 속으로 나는 따라갔다
배고프지? 얼마나 굶었느냐?
벌써 이렇게 크다니…… 서라벌, 콘스탄티노플……

페르시아, 아라한…… 여기는 처용의 할머니 집?
아니, 다시 신라 백제 ……조선 ……코리아
내 딸아 개 떼에게 쫓기어 결국 여기 이르렀느냐
언어 이전의 언어로
노인은 나를 부엌으로 데려간다
계란 한 개를 먹인다
천년이 사라지고 사라지고
후들거리며 나는 또 길을 나선다

폭염

폭염이 독충처럼 파고드는 날
길도 기억들도 다 녹아
널브러진 내 앞으로
옐로카드처럼 배달된 속달 우편은
30년 전 파묻은 어머니 무덤을
군사 분계선 옆 버려진 싼 땅으로
이장하라는 통고다
무자비한 건설회사의 로고가 목을 누른다
찍소리 한번 못하고 살다가 죽어서도 못 갖는
존엄, 수학여행 가는 아이들 수장시킨 강에
기형의 물고기가 튀어나온다는 뉴스처럼
폭염이 독충처럼 파고드는 날
하수구를 한 자만 파도
해골이 멋쩍은 듯 튀어나오는 자본의 도시
뱀이 제 꼬리를 잘라먹듯이
무덤까지 먹어치워야 끝이 날 것인가
살아 있는 사람도 두개골을 파먹힌 지 오래
사방에서 쏟아지는 뜨거운 모래성도 모자라
급기야 포크레인의 흥정 대상이 된

어머니의 무덤이다
다음 선거엔 어떤 괴물이 출현하려나
피로 키운 자식들이
이런 역동적인 나라에 살고 있다

냉혈 자궁

유사 이래 혀들이 이토록 노골적으로
자본의 인질이 된 적이 있을까
요즘엔 부엌신들마저 거리로 나가
상술과 조미료를 섞어
집 밥을 길에서 팔고 있다
아귀아귀 아귀들을 위해
퀵 배달까지 가세했다
끝없이 채워야 살 수 있는 위와
식탐을 부르는 혀
모셔 둔 냉장고에는
전국 팔도 특산품
바다 건너온 온갖 이향의 소스가 담겨 있다

원조할매, 엄마솜씨, 이모집, 고모집
세자매 뚱땡이 욕쟁이 시아버지 밥상
족보에 없는 모계가 총출동하여
길에 나와 앞치마 두르고
혀를 부른다

부패는 위대한 자연이라지만
감히 자연과 대결하고 있다
과잉의 넌더리, 넘치는 욕망들
이윽고 정체 모를 전염병 시대
냉장고는 냉혈 자궁 백신까지 품고 있다

바퀴

낡은 바퀴들이 모여 있는
폐차장이다

허파에 이산화탄소를 가득 채우고
신나게 굴러다니던 바퀴들이
흑백 풍경으로 정지해 있다

문명의 속도를 즐기며
대로를 질주한 것이
언제였지

머플러를 날리던
그 바람들은 어디로 갔지

영원히 도는 바퀴는
영겁의 벌이라지만
모든 회전은 멈추어야 마땅하지만

처음으로 속도가 아닌

고요와 이마를 맞대고
장기라도 두고 싶은 시간

오후의 폐차장에
봄비 내린다
봄비가 촉촉하게 훈수를 둔다

방독면

집에서도 방독면을 써야 하나
저녁 뉴스를 보다 말고 사방을 둘러본다
얼마나 골골이 썩었는지
TV뉴스가 끝난 후에도
코에 묻은 냄새가 가시지 않는다

농약과 살충제가 야합하여 기른 야채와
플라스틱을 먹고 자란 생선이
오늘 저녁 메뉴
개그맨들의 익살에 눈을 맞추고
잠시 두려움을 씻어 보지만
술도 아니고
물 한잔 편하게 마시고 살기가
이리 어려운가

밤이 깊으면
정치가 꿈속까지 따라올 것 같아
시집을 읽다 잠들고 싶은데
시에도 기생충이 생기어

겨우 아문 상처를 건드릴지도 모른다

암탉읽기

그 집 정원에 어울리는 옷이 없어
따가운 햇살 머금은 맨드라미 머리에 꽂고
암탉처럼 등장했다
나는 암탉이다! 꼬끼오!
저녁 해 비스듬한 가을바람 속을
볏을 세우고 휘젓고 다녔다
집주인 여자의 진주 목걸이를
부리로 콕콕 쪼고 있을 때
순간 넓은 잔디가 왜 가시밭으로 보이는지
가시밭으로 보고 싶은 것인지
슬며시 그 집 마당에 나의 암탉이
닭똥이라도 싸 놓기를 바라는 것인지

오소소 까만 유머가 쏟아지는
맨드라미 같은 시를 쓰고 싶은 가을 저녁
그 집 정원의 넓이와
집주인 여자의 진주 목걸이만 보이는
이데올로기로 뿌연 나의 시선은
무식한 사내들의 근육을 묘사할 때처럼

유혹과 경멸을 한꺼번에 시로 쓰고 싶어
꼬끼오! 꼬끼오!
넓은 마당에다 보름달 같은 알 하나
시원하게 낳지 못하고
꽁지 빠진 촌닭처럼 뒤뚱거린다

두 사람

검은 나비넥타이가 내 앞으로 다가왔어
오페라 옆 카페
몇 사람이죠?
나는 손가락 두 개를 펴 보였어
창가 테이블로 그는 나를 안내했지
저쪽은 에스프레소, 이쪽은 카페 올레
추억하고 나하고 둘이 마실 거니까
우이우이! 나비넥타이가 눈을 찡긋 했어
파리의 웨이터는 시를 안다더니
젊은 날 여기 두고 간
나의 그리운 그녀에게 에스프레소를
나에게 카페 올레를 날라다 줬어
오줌을 쌀 것 같아
소름이 돋았어! 비둘기들이 몰려와
의자 밑에서 구구 울었어
아무리 기다려도 그녀는 끝내 오지 않을 것 같아
두 잔의 커피 때문인지 몸이 뜨거워
울다시피 2층으로 올라갔지
동전을 넣어야만 문이 열리는 파리 화장실은

옛 그대로 잠겨 있었어
쉬잇! 젊은 그녀는 그때 동전을 찾다찾다
그만 주저앉아 머리를 무릎에 묻고 울었지
나는 어깨를 들썩이며 웃다가 조금 울다가
와락! 빠져나온 슬픔을 만나고 말았어

서원에 오른 여자

여자가 이 서원을 오르는 것이
400년 만에 처음이라고 했다
조선 학문의 본거지 유림 서원에서
특강을 청하며 주최자가 들려준 말이다

뉴욕 메트*에 들어가려면
여자는 옷을 벗어야 하는가
거기 걸린 누드는 85퍼센트가 여체!
거기 걸린 화가는 5퍼센트만 여자!
맨해튼 버스광고가 떠올랐다

여기는 코리아, 다행히 옷을 벗지 않고
나는 서원에 올랐다
그런데 이 순간이 역사적이거나 말거나
강연 시작 전 넥타이 맨 국회의원 시의원
교육감…… 누구누구 나타났다
녹슨 포크레인 같은 소리로
문화 창조시대, 새 물살 흐르게 해야 한다며
축사 격려사 상투어로 던져 놓더니

서로 바쁘다며 사라졌다

400년 만의 서원에는 햇살과 바람
시를 좋아하는 눈동자들
첫 강연을 기다리며
사방 트인 풍경 속에 앉아 있었다

* 메트(Met): 뉴욕 메트로폴리탄 미술관을 줄여서 부르는 말.

청와대 앞길

여기가 어디죠? 경복궁 돌담 지나
청와대 부속 건물이 있는
옛 진명학교 터
꽃잎은 져도 꽃은 지지 않는다지만
꽃잎도 꽃도 사라진 여기
낯선 손님되어 찾아왔어요

국빈이 올 때마다 태극기를 흔들고 서 있던
삼일당* 앞 길
봤지? 봤지? 대통령과 성장한 퍼스트레이디가
경호차를 거느리고 지나다닌 길
새처럼 재잘대며 그때 본 것은
무엇이었을까요?
군사혁명, 국민교육헌장, 교련…… 올림픽
우리를 옭아맨 큰 밧줄들……

오늘 큐알 코드를 찍고
그 건물에 들어가요
낯선 지도를 펴 들고

여기가 어디죠? 폐선처럼 밀려
어디로 갔을까요? 나의 푸른 기선은?
그 많은 은빛 파닥거림들
그 많은 입술의 싱싱한 노래들
친절한 경호실에 신원조회를 하고 싶어요

* 삼일당(3·1당): 청와대 옆 옛 진명여고 큰 강당.

좋은 코

자기 집 옆 채소밭에 누가 돼지 똥 퇴비를 뿌려
악취 때문에 숨을 못 쉰다고
전직 총리였던 분이 민원을 넣었다
당국은 신속하게 퇴비성분 분석을 한 후
뿌린 자로 하여금 즉시 수거하게 했다

이 땅에 진동하는 악취
더럽고 음흉한 똥 냄새와
속도와 쟁취와 패거리의 야합을
치마 속에 슬며시 손을 넣는 범죄를
폭염 속에 전직 총리가 맡은 것이 아니고
자기 집 옆 채소밭에
그 밭의 주인인 농부가
뿌린 비료를 못 견딘 것이다

그래도 진원지를 철저히 밝히고
얼른 닦아 내게 한 것은 잘한 일이다
악취 때문에 코를 막은
전직 총리는

좋은 코를 가진 사람인가 보다

사람들이 마스크를 사기 위해 줄을 선 것은
꼭 코로나19 때문만은 아닌지도 모른다

젖은 지폐

가라앉는 배에 승객 476명을 두고
맨 먼저 빠져 나와
젖은 바지에서 지폐를 꺼내 말리고 있는
선장을 본 후
이 땅의 지폐는 모두 젖어 있다
이 땅의 바다는 모두 비명이다
젖은 지폐로 밥을 사고 라면을 끓이고
젖은 지폐로 단체를 만들고 투표함을 만들고

이제 누구도 시 따위는 안 읽을 것이다
신문과 TV는 연일 죽음을 소비하고
정치가들은 멱살을 잡고 젖은 지폐를 나누고
위선과 가식의 표를 분배하느라 소란할 것이다

지폐는 말라도
눈물은 좀체 마르지 않을 것이다
언어는 나날이 흙탕물에 젖어 가고
광장의 함성도 나날이 독버섯처럼
질기고 푸르러 갈 것이다

대통령이 되고 싶은 사내

한겨울 지하철역 계단이다
"나는 대통령이 되고 싶었다"
한 사내가 팻말을 앞에 놓고
담요를 쓰고 앉아 있다
"세상엔 봄이 왔지만
나는 그 아름다운 봄을 볼 수 없습니다"
수사학 속의 그 맹인인가 했더니
그는 맹인이 아니다
그에게 투표를 하듯이
지폐 한 장을 정중하게 던져놓았다
그는 가늘게 눈을 뜨는 척하더니
미소를 조금 하사해 주고
이내 거만하게 도로 감았다
담요 속에 오리발이라도 숨긴 것 같다
나는 얼른 비겁의 자세를 취했다
대통령이 되었어도 잘했을 것 같다

폭면

옆자리 사내가 황급히 전화를 건다
사장님, 큰일났어요, 돈 가방을 잃어버렸어요
방금 탑승구 앞 화장실에 깜박 두고 나와
다시 뛰어갔는데
그사이 사라지고 없어요
네네, 퇴직금 5200달러요
네네, 한국에서 10년간 일한 전부요
비행기는 서서히 이륙하고 있다
네팔에서는 평생 못 만져 볼 돈
10분 사이에 사라진 10년을
기름때 까만 손톱이 절규한다
3초에 한 대씩 비행기가 뜬다는 국제공항
같은 비행기 옆자리
이게 뭐지? 지금 이 순간?
둔도로 얻어맞은 듯 얼얼한 전신으로
순간 쏟아지는 잠!
나는 어떤 아가리에 물린 짐승일까
체체파리에 쪼인 사자처럼
덮쳐 오는 폭면(暴眠)에

쫓기며 쫓기며

펜을 찾는다

아! 빌어먹을 시를 쓰고 싶다

태풍 속의 공항

태풍에 발이 묶인 샤를 드골 공항은
누군가 불쑥 내민 붉은 입술 같다
마술사가 검은 망토에서 비둘기를 꺼내듯이
태풍 속에서 번개를 꺼내어
내게 주려는 속셈인지 몰라
괜히 뜨거운 운명이 생겨날 것 같아
취하라, 취할 시간이다! 설레며 창밖을 본다
일찍이 사랑하던 샤를 보들레르가 떠오르는
샤를 드골공항, 두려움도 없이 불쑥 다가든
붉은 입술을 받는다
이것이 번개가 아니라면 무엇이 번개일까
자연은 폭력적일 때마저 자연스럽다
이 순간 말고
우주가 단호한 힘으로
나를 돕는 순간이 쉽게 또 오겠는가
악천후가 나에게 장미를 주는 순간이다
나는 밤이 오기도 전에 꽃이 시드는 것을 알지만
트렁크 바퀴를 시끄럽게 굴리는 일 외에
피로와 반복의 긴 줄을 잡고

일상의 맨 뒤에 서는 일 외에
무엇이 더 있을까
태풍이 불쑥 내민 장미를 안고
나는 밖으로 퉁겨져 나온 붉은 입술에
내 입술을 댄다

정크아트

아직도 제목을 부칠 수 없는
나의
미흡한 두개골은
미친 나침반으로 만든 정크아트 같다

바람이 잔뜩 묻어
쉽게 구겨지는 종이비행기이다

살찌고 허리 굵어 갈 데 없는 주말
헐렁한 안무가처럼 고개 갸웃거리며
추락한 청춘을 꺼내어 본다

그때나 지금이나 처음 해 보는 것
미숙한 사랑과 어설픈 도발로
가득한 상자

불안과 위험으로 솟은 스프링을
하나하나 펴 본다
화양연화가 머뭇머뭇 걸어 나오고

뜻밖에 수련이 발갛게 올라온다

나 버리기

우리 집에서 제일 많이 생산되는 것은
사랑이 아니라 쓰레기*
돈으로 쓰레기를 사고 돈으로 버리는
최신 풀 하우스이다
주로 카드로 지불하므로
낭비의 자책도 없이
습관처럼 욕망을 사들이며
활력을 살고 있다는 착각을 소유하는
이 도시의 한 가구
공허와 누추를 가리려 할수록
쓰레기만 늘어나고
삶은 쉰내를 풍긴다
사고 곧장 버리는 풀가동 공장으로 전락한
고단한 톱니 속에
나의 사랑은 사소한 일상으로 조각나고
우리 집은 산과 강처럼
오염되고 말았다
앗, 이 시가 싫다

살점을 좀 떼내어 버리고 싶다

* 지그문트 바흐만, 『쓰레기가 되는 삶들』(새물결, 2008).

나는 세계이다

저녁에
거울을 보니
난생처음 와 본 곳이다
년치(年齒)는 좀 많아도
아직 젊은 내 앞에 펼쳐진 벌판
돌도 바람도
스산한 뾰족바위다

나는 나인가? 탯줄에서 잘려 나와
홀로 헤맨 거칠고 먼 길
사금처럼 뼈에 박힌 후회와
낡은 옷 한 벌
이것만이 내 것이라
거기에다 사랑을 한데 꼬아
밧줄 하나 더하면
헛 구멍처럼 열린 벌판이다

허풍쟁이처럼 외쳐 본다

처음 나는 인간이었다*

지금 나는 세계이다

* 오스트리아 여성 소설가 르베르트 제탈러가 105세 무렵에 한 말.

4부

모른다

나를 모르는 것은
누구보다 나인지도 모른다
귀에는 이상한 도둑이 살고 있어
너 예뻐 너 유일해
이런 말만 편식하는 유아
검은 젖을 빠는 입술을
한사코 잘 보지 않으려 하는 겁쟁이

누가 만든지도 모르는 가면을 쓰고
자만과 착각을 반복한다
이름도 눈도 없는 나
모른다! 모른다는 것만이 내 것이다
내가 가장 사랑하는 것은 무엇인가
그것도 모른다
"모른다"를 발명한 사람도 있으니
그럼 나의 것은 무엇인가
나를 모르는 것은
누구보다 나인지도 모른다

보석 잠자리가 있던 골목

목수에게 시집간 후배가
우는 아이 등에 업고 저물도록 서 있었다는 골목
결혼 선물로 내가 준 잠자리 브로치 꽂고
낯선 하늘을 한참씩 바라보았다는
그 골목, 어느 날 풀숲으로 잠자리 날아가 버려
찾고 찾았지만 끝내 찾지 못하고
이윽고 목수도 만들던 의자를 던지고
어디론가 사라져
우는 아이 등에 업고 그냥 서 있었다는 그녀에게
그렇게 그냥 서 있는 것도 길이라고 말해 주었지만
시 쓰던 손 벌써 주름 잡힌 계절
허름한 옷 속으로 차가운 별 쏟아지는 골목
언제 빠져나간 줄도 모르게
그 골목에 쏟아 버린 잠자리 보석들
저 혼자 시가 되어 부서진 돌이 되어
어디에서 구르고 있을까
웃을 때 유난히 반짝이던 그녀의 치아는?

슬픔은 헝겊이다

슬픔은 헝겊이다
몸에 둘둘 감고 산다
날줄 씨줄 촘촘한 피륙이
몸을 감싸면
어떤 화살이 와도 나를 뚫지 못하리라

아픔의 바늘로
피륙위에
별을 새기리라

슬픔은 헝겊이다
밤하늘 같은 헝겊을
몸에 둘둘 감고
길을 나서면
은총이라 해야 할까
등줄기로 별들이 쏟아지리라

아네모네 호텔

아침 일찍 체크아웃을 하고 있을 때
한 묶음의 아네모네가 배달되었다
이 위태한 사랑을 어디에다 꽂을까
한 개의 가방, 한 켤레의 신발뿐인 나에게
호사한 속옷 같은
보랏빛 아네모네, 해가 중천에 이르기도 전에
나는 떠나고
파리의 꽃은 시들겠지
처음 만나는 은유를
이대로 들고 크리스탈 꽃병 같은
새 길을 찾아 나서고 싶다
오페라의 후렴구처럼 장엄해지다
서서히 내려오는
가파른 커튼
거짓말처럼 찾아온 아네모네가
가비얍게 나를 뒤집어 놓는다
하루치의 호텔 비를 더 치르고
빈 방에서 꽃 혼자 사랑하게 할까
나는 귀국 티켓을 다시 꺼내 본다

이상한 빈총에 맞은 새처럼 비틀거린다

아도니스*

겨울 강에서 별 하나를 건져 올렸다
시리아, 레바논을 거쳐 새로 프랑스여권을 든 그와
사우스 코리아의 여권을 든 나는
시의 혈족, 홍콩을 거쳐 난징에 닿았다
연꽃처럼 깊은 고도(古都)가
이국 시인들을 잘 아문 상처로 맞았다
아방가르드 서점은 아랍권 최고의 거장이
겸허하게 시를 낭송할 때
국적도 언어도 다 녹아 푸른 파도 출렁였다
보석 같은 고대 문명을 모욕하는 정치와
험난한 폭력으로 전쟁터가 된 고국을
굳이 들추지 않았지만
절벽에 매달린 동종처럼 낮은 소리로 함께 울먹였다
종교적 광신주의가 한 세계의 심장을
무참하게 파괴하고 있다는 시를 읊을 때
천진한 87세의 신발이 떨리는 것을 보았다
시인이 서 있는 곳은 어디든 망명지
뼈 시리고 추운 땅 벌거숭이는 왜 이리 많을까
백발의 떠돌이, 설산처럼 높고 하얀 시인 곁에서

새 목소리로 떨면서 시를 읊었다

* Adonis. 그리스 신화 속 미남. 아랍권의 시인.

해골 노래

처음 전쟁은 불꽃놀이로 다가왔다
세 살 아이의 발아래 지뢰가 묻히고
한참 후 휴전이라는 이름으로
철조망이 생기고 해골 표지의 이데올로기가
나를 겁주었다
반공과 DMZ라는 잉글리시를 익히며
제복을 입고 학교를 다녔다
남자애들은 군대로 가서 고통을 배웠고
여자애들은 일찍이 결혼에 덜미 잡혔다
한 번뿐인 것들이 가뭇없이 사라졌다

그런데 오늘 아침
초등학생 같은 언어를 쓰는 사내들이
DMZ를 웃으며 그 선을 넘으며
몇 발자국을 오고가며
내 생명의 지뢰 철조망을 육십 몇 년 만에
간단한 이벤트로 만드는 것을 TV로 본다
시 쓰던 손 그만 잘라 버릴까
감자나 먹다 죽을까

그 이상의 형이상학은 없어*
텅 빈 해골, 어디에 대고
무엇을 울어야 할까
2019년,
여기 사우스 코리아에서
시를 쓴다는 것! 이게 모두 뭐지?

추시: 2년도 못 가서
그 사내들 다시 서로 이 갈고 돌아섰다
그 사이에서 우리는 쓸개를 삼키고
세계는 역병이 돌아
모든 입에는 마스크가 씌워졌다

* 페르난도 페소아.

야간 비행

밤 지나 또 밤, 허공 지나 또 허공
신도 이런 속도는 상상하지 못했을 것이다
비애여, 너 여기까지 따라왔느냐
닭장 안의 닭처럼 줄지어 앉아
주는 모이를 받아먹는 밤
기실 나는 이렇게 자랐다
주입식으로 살과 피가 만들어졌다
허공의 행간을 떠도는
위험한 별이 되지 못하고
자유를 모름으로 해방을 살지 못했다
교과서에서 배운 언어로 착한 시를 쓰며
지상의 절기에 맞추어 줄지어 따라다녔다
사랑도 모른 채 아이를 낳고
언어도 모르면서 시를 썼다
밤 지나 또 밤, 허공 지나 또 허허공공
지금 온몸으로 사라지는 시,
내 혀에 붙은 모어는
이리도 높고 먼 곳까지 올라왔다
밤 지나 또 밤, 온갖 색깔로 나부끼는

정복자의 계곡으로 가는 길
태양의 질서로 어떻게 키가 자라는가
고딕체 비석들의 땅으로
나는 가고 있다

잊어버렸다

나 태어날 때
울었다는데
왜 울었는지 잊어버렸다
잊어버렸다. 첫울음 울 때
버드나무 잎처럼 슬픔이 매달렸는지
눈물 저쪽 푸른 강물이 흘렀는지
첫울음 울었을 때
창밖에 어떤 꽃들이 피었는지
할머니들은 따라 울었을까 웃었을까
아버지는 어떤 표정이었을까
울음 그치고
황홀도 사라졌는지
나 태어날 때 울음이 쏟아졌을 때
울음을 가르쳐준 새들은
하늘을 가르며 어디를 날았을까
점점이 허공에다 발자국 글자를 찍었을까
나 태어날 때 울었다는데
왜 울었는지 잊어버렸다

알몸 뉴스
— 2020년 봄 이후, 서울

누구도 가 본 적이 없는
폐허를 예고하는 혓바닥이
핵!핵!핵!을 내뱉을 때에도
나는 시!시!시!를 썼다
그런데 여기 이르고 말았다
바이러스가 창궐한 아침
파멸의 언어가 뉴스를 점령했다
성병 환자가 콘돔을 뒤집어쓰듯이
시인의 성기인 입에다
줄서서 구입한 마스크를 썼다
시를 잉태하고 낳는 일이라면
어떤 피임도 하지 않았는데
그동안 내가 낳은 알들은
어느 뱃속으로 숨어들었을까
너!너!너!가
모두 위험한 공포로 돌변한 오늘
마스크를 쓴 페르소나
겨우 할딱이는 슬픈 동물을 보라

장사꾼 다이어리

저는요, 시인님의 고향에서

30년 동안 집배원으로 일하고 있어요

시인님처럼 시를 쓰고 싶어요

네, 우체부이시라구요? 반갑네요

혹시 일 포스티노라는 영화 보셨나요

파블로 네루다에게 편지를 나르는 우체부

아니요. 못 보았어요(그는 말을 살짝 더듬는다)

그럼 미국 서점에서 제일 많이 도둑맞는 시집을 쓴

찰스 부코스키라는 시인은 아세요?

그는 LA 지역 우체부로 일하며 시를 썼지요

네, 저는요, 시인님의 고향집 주소를 알아요

거기 벽에 그려진 시인님의 낙서도 보았어요

산길과 들길을 자전거를 타고 다녀요

햇살에 얼굴이 까맣게 탔지요

요즘 군수님이 돈을 잘 못 받아

감옥에 갔다지요

네. 다른 군은 조용한데 걱정이에요

참, 시인님이 직접 전화를 받아서 놀랐어요

비서가 먼저 받을 줄 알았나요

나에겐 아내도 없잖아요

하지만 유명한 시인이신데

내일 시인님 고향집이랑 역이랑 지나가는데

사진 찍어 카톡으로 보내 드릴게요

빈집이 된 지 오래되었죠

네. 감나무는 그대로 있어요

고향 우체부 시인과 전화통화를 마치자

그사이 유식함을 열거한 시인은

장사꾼보다 빠르게 그것을 시로 쓴다

원고료도 받고 이름도 더 낼 수 있으리라

초여름 신도시

초여름 신도시 중학교 수돗가에
칫솔 물고 나온 흰 풀꽃들의 웃음이
박하향기로 피어난다
시인도 오줌을 누나 봐
이슬만 먹고 사는 건 아니었군
까르르 까르르 화장실을 기웃거리며
수국 꽃 같은 풋풋함을 터트린다
초청 강연장으로 들어가며
시인은 벌써 부끄럽다
준비해 간 시편들 구슬처럼
먼 훗날을 조금 밝힐 수 있을까
녹슨 압정으로 이상하게 박히는 건 아니겠지
특강은 시원한 계절풍인데
괜히 미화(美化)와 감동으로 부풀다 말 것 같다
시큼한 과일 같은 시인이라는 이름으로 찾아간
초여름 신도시 중학교
어제에다 떨구고 온
작은 구슬 한 개를 만났다
맨다리 풀꽃 사이를 뒷걸음질로 걸어 보았다

펜과 깃털

일찍 죽어 불후의 천재가 못 되었으니
바람난 시인이나 될까
뒷골목 고서점 어슬렁거리다
펜과 깃털이 돌고 있는 손목시계 하나 살까
시침은 펜촉, 분침은 깃털
시계 속으로 들어가 낮에는 펜과 놀고
밤에는 깃털과 놀까
자칫 문호(文豪)가 될지도 몰라
하늘을 둘로 쪼개는 번개가 보일 때
환호작약 그 순간에
시계여, 멈추어라
전쟁터 시장터 침대에서도
시계는 시시각각
골목을 배회하는 헛웃음
유랑 유랑 유랑을 따라
펜과 깃털을 따라
희희낙락 위대한 떠돌이나 될까

꿩

직선으로 소리치고 싶어
꿩!꿩!꿩!
꼬리 흔들기 싫어
흔들어야 먹이를 던져 준다면
굶어야지
갈대숲에서 하늘로
뚫린 목청
단음이 좋아
침묵은 당신을 지켜주지 않아
기교 넘치는
저 넝쿨들처럼 뻗어 가기 싫어
얽히고 싶지 않아
직선으로 소리쳐
꿩!꿩!꿩!

떠날 때

떠나는 순간에도
나 모르는 것투성이일까
숨 쉬고 산 것
그게 다일까
낮은 파도이고 밤은 조약돌인 것을
간신히 알까
좋아하는 것보다
부러워하는 것을 가지려고 했던 것
무엇이 되어야 한다며
머리 쥐어뜯으며 괴로워했던 순간을
굳이 어리석었다고 말하지는 않겠지만
하지만 모르는 것투성이
그것이 얼마나 희망이었는지
그것이 얼마나 첫눈 같은 신비였는지
너와 나 사이의 악기였는지를
떠날 때 그때 간신히
소스라치듯이 알기는 할까

기념비의 시학

최진석(문학평론가)

1 역-설, 문턱과 경계

시학의 오랜 전통에는 '기념비'라는 장르가 포함되어 있다. 위대한 업적이나 남다른 공적을 기리기 위해 세우는 기념비를 시적 형식을 통해 지면 위에 건립하는 장르가 그것이다. 하나의 시적 전통으로서 기념비는 고대 로마의 호라티우스 이래 이름난 시인들의 붓끝을 거쳐 문학사에 등재되었다. 하지만 '기념'이 취할 수밖에 없는 내용과 형식으로 인해 이 장르에 가해진 굴절이나 오해도 없지는 않다. 신과 군주, 영웅과 후원자를 위해 만들어진 노래는, 그 목소리가 제아무리 곡진하다 해도 종종 낯부끄러운 미사여구나 값싼 치례와 등치되었던 탓이다. 공적 의례에 올려진 기념의 시구가 진정성을 의심받을 때, 자기 자신을 향한 기념의 언어가 절실하게 들리기는 더욱 어렵다. 게다가 시적 언표의 주체이자 대상이 시인 자신이라면, 그가 자신에게 던지는 기념의 언어는 민망하고 무색한 수사를 넘어 불가능한 문장에 가까울 것이다.

그럼에도, 시인은 언제나 자기를 향한 기념비를 짓는 존재이다. 세계의 외관을 서술하는 산문가와 달리, 타인의 작품을 해석하는 비평가와도 다르게, 시인은 언제나 세계 속에서 자신의 내면을 읽고 타인의 작품을 통해 자기와 대면한다. 그것은 번뜩이는 지성의 철학적 성찰도 아니고 계량된 수치를 열거하는 사회학적 분석도 아니다. 오히려 매번의 시선을 통해, 그리고 매번의 발화를 통해 늘 스스로에게 돌아가 자신을 발견하고 언명하며 표현해야 하는 다시-삶의 반복이자 다른-삶의 사건이라 할 만하다. 기념비는 이처럼 매번 차이 나는 사건의 반복을 나타내는 문턱이자 경계를 뜻한다. 역설적이게도, 그 통과의 지점들에는 시적 성취의 영원성이 아니라 다만 떠나 버린 시인의 자취만이 남아 있다. 시학의 기념비는 세간의 품평에 무심한 채 무상의 영예를 흔쾌히 각인하는 말의 흔적에 다름아니다. 러시아의 시인 푸슈킨은 자신의 기념비에 대해 이렇게 말하지 않았던가.

나는 스스로에게 기념비를 바쳤노라, 불멸의 손으로

사람들의 발길이 끊이지 않는 한
알렉산드르의 첨탑보다 더 높이
도도한 머리를 치켜들고 서 있으리라.

결코, 나는 죽지 않으니 ─ 영혼은 성스러운 리라에 남고
육체는 부패하지 않은 채 다시 살아나리라
이 세상에 시인이 단 하나만 남는다 해도
그 영광은 나의 것이리라.
　　　　 ─ Alexander Pushkin, Exegi monumentum (1836)에서

'단 한 명의 시인'이란 필연코 자기 자신을 가리킬 것이
다. 시의 기념비는 세간의 권위나 영광을 위한 것이 아니라
스스로를 향해 발출하는 빛이자 스스로에게 지워진 빚이
기 때문이다. 따라서 타인의 칭송이나 세계의 찬사는, 마치
밤이 아침으로 전변할 때 맺히는 물방울처럼 부수적인 물
질적 현상일 뿐 기념이라는 감응의 본질은 아니다. 기념은
지금의 생을 넘어 또 다른 생의 변곡점, 그 문턱과 경계를
표지하는 것이기에 기념비의 주체도 대상도 언제나 시인
자신일 수밖에 없다. 기념비라는 시적 운동의 역설이 놓인
자리가 바로 여기다.

　1969년 등단 이래 문정희가 지금까지 풀어놓은 수많은
언어의 편린들, 시와 소설, 에세이…… 어쩌면 이 모두는
그 자신의 재생, 즉 다시-삶이자 다른-삶을 표지하기 위한

기념비들이 아니었을까? 세상과 만나고 타인들과 부딪히며, 그 가운데 끊임없이 스스로를 발견하고 또 발명해야 했던 시적 운동의 다양한 변주들, 일종의 모든 삶(諸-生)으로의 재생이랄까? 통상의 논리로는 이해할 수 없되 무(無)는 아닌, 그렇기에 스스로를 증거하고자 표현되어야 했던 시어의 조각들. 하여 기념비는 시인의 존재 자체와 뒤섞인 시의 삶이며, 삶의 시에 값하는 언어의 표석이라 할 만하다. 오직 계속되는 쓰기로써 자신의 현존을 입증하는 역-설(逆/力-說)의 장면을 우리는 이미 읽은 적이 있다.

산다는 것은
거미줄을 타고 오르는 것
곡예를 하듯 오르고 또 올라가 보면
아무것도 없지
허공뿐이지

시를 묻는 젊은이에게
이렇게 답장을 써서 보내고
돌아서서
나는 또 시를 쓰네

산다는 것은
시를 쓰는 것은

거미줄을 타고 허공을 오르는 것이라고

(중략)

나는 시를 쓰네
나는 시를 사네
　　　　　──「나는 거미줄을 쓰네」, 『작가의 사랑』에서

2 난─생, 자화상과 타화상

　시를 쓰고 시를 사는 것. 시와 삶의 이 같은 뒤얽힘 앞에 시인의 모습은 보이지 않는다. "나"라는 주어는 "쓰네"와 "사네"의 동사적 연접 속에 소진된다. 거미줄을 따라 허공을 오르는 것은 거미가 아니라 생성하는 시다. 그렇다면 기념비는 시작(詩作)의 운동에 바쳐진 기호일 뿐, 피와 살로 헌신한 시인의 영광을 상징하지는 않을 것이다. 시인에게 기념비는 자신이 떠나 버린 자취이고, 새로운 시가 탄생했음을 알리는 표석이니까. 영원의 모상으로서 기념비는 세울 수 없는 이상이다. 필멸자에게 무궁한 삶은 불가능에 바쳐진 수사이기에, 돌 위에 새겨진 기념의 언어는 필경 불멸이라는 허구에 대한 은밀한 자기 조소 이상이 아닐 게다. 세인들의 입에 오르내리는 명성은 그렇게 닳고 문드러진 비석의 잔해와 같아서 시를 시로서 살도록 허락지 않는다. "명성은 매끄러운 비누와 같아/ 움켜 쥐려 할수록 덧없이 사라진다"(「비누」). 그러므로 시인은 매 순간 기념비를 세워 시의 생성을 노래하면서도, 그것이 비문 속에 화석화되지 않도록 놓아주어야 한다. 떠나보내고 내버려 둔 채, 자유롭게 흘려두어야 한다. 망각과 자유가 연결되는 착종의 지점을 보라.

> 나는 울다가 눈을 떴다
> 그래 이대로 절뚝이며 살아라
> 나 또한 헛짓하며 즐거웠다
> 나는 시들을 자유로이 놓아 주었다
> 부서진 욕망, 미완의 상처에서 흐르는 피
> 불온한 생명이여
> 어쩌다 내가 기념비적인 기둥 하나를 세웠다 해도
> 얼마 후면 그 기둥 아래
> 동네 개가 오줌이나 싸놓고 지나갈 것을
>
> ─「망각을 위하여」에서

시시포스의 헛된 노동을 연상케 하는 마지막 구절, 그것은 극한에 이른 의식의 자기부정 같지만 절망보다는 어딘지 모를 유머와 낙관으로 이어진다. 시적 의식의 이 같은 최저점이야말로 동시에 시적 생성의 한계에서 다시 피어나는 시인의 사랑을 반증하는 듯하다. "고칠수록" "도망"쳐 버리는 시를 놓아주는 것, 그렇게 시인 자신이 사라져 버릴 때 비로소 시는 시가 되고 생명마저 얻는다. "사라지고사라지고…" 자기의 자리를 비움으로써 빠져나간 "생명"을 되돌리는 것. "그것만이/ 뜻밖에도 그것만이 사랑이다"(「네가 준 향수」). 이 사랑은 시인이 고수해 온 시적 태도이자 자세로서, 그의 시력을 일관되게 관통하는 주도동기에 해당된다. 하지만 이를 철학자의 세계관처럼 화려하게 포장할 필요는 없다. 시인에게 사랑은 개념적 인식을 착상(着想)하기 위해 동원하는 도구라기보다 개념적 인식을 떠안기 위해 먼저 비롯되어야 할 착상(着床)의 발판인 까닭이다.

사랑이라는 발판은 그리움과 슬픔을 원료로 작동한다. 언뜻 열정 가득한 낭만적 사랑의 연가를 상상할 법도 싶지만, 문정희 시작(詩作)의 추진체로서 그리움과 슬픔은 감상 어린 비애의 관념이 아니다. 실존하는 타인, 이름 부를 수 있는 누군가를 향해 유행가 가사마냥 읊조린 노래가 아니라 오직 자신을 대상으로 자신에게 건네는 대화의 표현으로서 시는 직조되어 있다. 때문에 "당신은 그리움과 슬픔이 너무 많아"(「머리카락」)라고 되뇌는 것은 시인 자신이지만, 듣는 이 또한 시인 이외의 다른 이일 수 없다. 시인이 자신을 "고독의 혈족"(「희귀종」)이라 부르는 것도 그런 이유이니, 매번 사랑에 감응할 때마다 마주하는 것은 그 자신이고, 이 자신이라는 고독을 넘어설 수 없음에 비로소 시가 탄생하는 것.

문이 열리고 네가 들어 왔다

어제 떠난 것처럼

너는 내 앞에 앉았다

스무 번의 봄날을 지나

아니, 서른 번의 겨울을 지나

나는 내 앞에 앉았다

너는 한 번도 떠난 적이 없으니

늘 함께 숨 쉬었으니

나에게서 걸어 나와

다시 내 앞에 앉은 것이다

—「나는 내 앞에 앉았다」에서

　시인의 자화상은 언제나 타화상이다. 세계에 대한 그의 시선은 항상 자신에 대한 해석에 맞닿아 있다. 하지만 이를 문학사의 통념을 좇아 서정시라 부르지는 말자. 발화하는 주체의 자아가 시적 언표의 모든 것임을 내포하는 서정시는 '너'의 타자성을 인정하지 않는다. 그것은 온전히 '나=나'의 세계, '너'가 존재하지 않는 '나'의 사막에 다름아니다. 그럼에도 시는 본질적으로 서정시일 수밖에 없다. 너를 통해 나에게로 귀환하는 이 여정은 타자성을 극복하는 것이 아니라 감싸 안고, 그로부터 또 다른 자기 자신을 잉태하는 길에 값한다. 그 아이가 남성인지 여성인지, 원하던 자식인지 그렇지 않은지는 미지에 맡겨진다. 세계와 마주칠 때마다, 그 가운데 충돌하는 타자와의 대면으로부터 빚어지는 감각의 기호로서 시는, 이 근본적 무지로 인해 태생부터 난-생(難/亂-生)이다. 시가 발출하기 위해 사라지고 또 떠나야 하는 '나'는, 다시 돌아오는 나, 아니 '너'와 마주선다. "늘 함께 숨 쉬었으니" 어쩌면 단 한 순간도 이별한 적은 없을지 모른다. 혼자만의 고독이 아니라 둘이 함께하는 고독, 나와 나, 아니 나와 너이자 또 다른 나와 또 다른 너가 조우하는 이 복수성의 고독이야말로 세인의 감상과 시인의 감응을 구별짓는다. 그것이 문정희의 시력이자 시생의 본질적 궤적 가운데 하나일 터. 흥미롭게도, 시인은 이 과정에 "유랑"이라는 이름을 붙인다. 그 알 수 없음으로 인해, 그 끝없는 이어짐으로 말미암아.

3 유-랑, 이편과 저편

겨울비 온다
불쑥 골목을 가로막고
"이봐! 나와 키스를 해야만 지나갈 수 있어"
겨울비 달려든다
(중략)
"더 더 깊이 새겨 줘"

곧 입덧이 또 시작될 것 같다

──「겨울 키스」에서

　생명 있는 그 무엇도 돋아날 법하지 않은 한겨울의 풍경. 이때 돌연하게 "키스"를 요구하는 음성은 낯설고 두려울 것이다. 그것은 피할 수 없기 때문에 감수해야 하고, 무조건적으로 응해야 하기에 운명적이다. 먼 옛날 서사시인의 귓전에 숨결을 불어 넣던 뮤즈의 현대적 판본은 무방비한 시인을 급습하는 겨울비의 차가운 이물감으로 구체화된다. 하지만 무방비가 곧 무기력이나 체념은 아니다. 도리어 시인은 "짐짓 그에게 입술을 쏘옥 내어"미는 적극성을 발휘하고, "더 더 깊이"를 나직이 속삭이며 그 사건 속으로 기꺼이 휘말려 들어간다. "입덧"으로 상징화되는 작시의 순간은 경전에 전해지는 성스러운 잉태나 초자연적인 신비를 암시하지 않는다. 차라리 그것은 열려 있음의 어떤 태도에 근사하다. "키스"를 통해 시인은 이곳에서 저곳으로, 저 불연속의 문턱을 넘고 경계를 벗어나는 운동에 몸을 싣는다.

　　처음 만났는데
　　왜 이리 반갑지요
　　눈송이 당신
　　처음 만져보는데
　　무슨 사랑이 이리 추운가요

하지만 오늘은 좀 추운 사랑도 좋아요

하늘이 쓴 위험한 경고문 같아요.

─「눈송이 당신」에서

　

"하늘이 쓴 위험한 경고문"은 곧 시적 착상의 기념비를 말하지 않을까? 여기 내가 있었다. 그리고 저기 내가 있으리라. 하지만 '그 나'는 여기 있던 '나'가 아니기에 이미 '너'이고, 우리는 서로에게 하나이자 둘인 타자들임이 분명하다. 부재를 빌미로 대면할 수밖에 없고, 대면하기에 결코 완전히 부재할 수도 없는.

　

그해 겨울 네가 가지고 간

나

잘 있니?

(중략)

늘 추운 나

네가 가진 나는 누구였니?

너는 누구였니?

어느 의자에 앉아 건너 숲을 보고 있니?

깊은 네 눈망울 속에서 나 어떻게 사라져 가니?

─「나 잘 있니」에서

　

지금-여기의 '나'가 사라지지 않고는 또 다른 '너'가 태어날 수 없다. 시는 그것을 기록하는 사건이요, 그 기념비일 것이다. 이 사라짐은 시를 살리기 위한 길이지만, 또한 시가 스스로 살아나기 위해 반드시 떠나야 할 길이다. 그 외의 어떤 다른 목적도 있을 수 없다. 해서 이 과정을 유랑이라 할밖에. 떠나온 자신을 잊고, 낯선 자신을, '너'라 불리는 타자를 발명하기 위한 여정. 놀랍게도, 시인은 자기를 "유랑의 무리"(「아침 펫목」)라는 복수형으로 지칭하고 있다. 나와 나, 나와 너, 혹은 나인지도 모를, 또 너인지도 모를 흐름 그 자체의 다수성만이 진실이다. 떠나감과 떠나옴의 엇갈린 경로는 무수하게 분기하는 서로를 '향한' 이중의 역설을 포괄한다. 언제나 반쪽의 시선으로 다른 반쪽을 곁눈질하지만, 끝내 원위치로 회귀하지 않은 채 "더 더 깊이" 그리고 더 멀리 떠나기를 결정하는 시적 운동만이 유일하다. 그것은 완전할 수 없다. 이 미완성이야말로 여전히 진행 중인 떠남을 증언하고, 아직 완성이 남아 있음을 역설적으로 드러내는 동기이다. 이 "미흡함"에 '아름다움'이라는 표식을 새겨 넣어도 괜찮을까?

> 인간은 미흡한 그대로 아름다워
>
> (중략)
>
> 나는 너와 다르다
>
> 오직 하나인 옷
>
> 다 만든 옷을 잘라 미완성을 만든다

그것이 그의 완성이다

완성을 향해 가고 있는

그 언어만이 진짜라고 생각한다

(중략)

아마 여기까지 나는 시인이다

—「디자이너 Y」에서

"여기까지 시인"이라는 언명은 지금-여기의 현사실성에 대한 승인이자 아직 오지 않은 시간의 도래에 대한 선언이다. "완성"이라 명명된 시간의 각인은 기념비 위에서 마모되고 소멸할 테지만, 영원히 오지 않을, 그러나 항상-이미 도착한 완성의 잠재성은 그 미완의 시간 속에 벌써 새겨져 있다. "다 만든 옷을 잘라"부터 "미완성"을 발견함은 그 잠재된 미-래의 시간을 이리로 불러내기 위한 시적 발명 아닌가? 따라서 현재에 저항하는 "검투사"(「나의 검투사 — 젊은 시인 K의 편지」), 곧 시인은 "반복되는 일상에 잡아먹히지 않으려고/ 피투성이로 싸우고 있"는 자이며, "언어로 자신을 파서" "그 뾰족함으로" "당신[시인 — 글쓴이] 자신에게 마구 덤비"는 자이기도 하다. 일상 속에 깊숙이 침윤된 현재의 '나'로부터 벗어나기 위해서는 감히 자신과 벌이는 대결, 그 "불협화음"의 고통을 기꺼이 감내해야 한다.

요컨대 유랑은 그 대치, 자기와 맞서는 자신, 나로부터 너를 뜯어내 현재의 문턱 너머 저편으로 떠밀어 보내기 위한 분투를 뜻한다. 그로써 "여기까지 시인"이었던 나는 이제 '여기서부터' 또 다른 시인이 되고, '너'라는 이름을 통해 내 앞에 나타날 것이다.

　　어떤 이상한 시인일까
　　희망은 날개를 달고 있다는데
　　깃털 하나 없는 쇳덩이를
　　밤낮없이 나는 멀리멀리 던졌다

　　지금 몇 살인가, 길은 막다른 벼랑
　　어떤 언어가 쿵쿵 땅을 울렸는가
　　뼈에서 솟은 눈물방울을
　　아이구 세상에나!
　　나는 지금도 던지고 있다

　　　　　　　　　　　　　　——「투포환 선수」에서

　"욕망"이라는 "야생적인 무게"로 인해 들어올리기조차 힘겨운 그 "쇳덩이"는 분열되고 파열된 현재의 자아이자, 그렇게 "멀리멀리" 던져지는 또 다른 자아로서의 너, 타자를 말한다. 그 같은 분리, 탈주의 운동만이 유일한 목적이기에 정처 없이 흘러 다니는〔流浪〕 공을 닮았지만, 동시에 언제나 새로 태어나는 어린아이〔幼郞〕와 흡사함이 당연하다. 그러니 시인은 유-랑의 순간을 흔쾌히 맞이하며 운명처럼 떠안지 않을 수 없는 것. 물론, 이는 시인 자신만이 고독하게 마주서야 할 시간이며, 다른 누구의 언어로도 옮기지 못할 기념비적 순간을 가리킨다.

> 어린 떠돌이? 이게 가능한가요?
> (중략)
> 그게 나입니다
> (중략)
> 빙판과 사막을 홀로 떠돌며
> 나는 알았어요. 어디에도 나를 꽂을 데가 없어
> 굴러다니는 떠돌이 풀
> 유랑이 나의 주소
> 그것을 당신이 번역하지 못하는 것은 당연해요
>
> ──「어린 떠돌이」에서

4 재/제-생, 다시-삶과 다른-삶

생물학의 지배를 받는 인간은 다시 태어날 수 없다. 하나의 개체에게 허락된 생명은 하나뿐이며, 이는 또한 육체적 실존을 지닌 존재자가 감당해야 할 물리학의 법칙이기도 하다. 그러니 다시-삶과 다른-삶의 욕망은 일종의 은유이거나 몽상, 또는 언어유희와 같다. 근대 과학의 이토록

냉연한 합리성에 도전했던 철학자는 니체였던가? 그러나 엄중했던 칸트의 비판이나 절대이성에 매달린 헤겔의 논리가 아니라 분열자의 광기를 통해 ― '역사의 모든 이름이 바로 나다!' ― 디오니소스적 통음난무에 슬쩍 발을 들여놓은 이 고전학 교수는 세계사를 유랑하며 길목마다 마주치는 이름들을 자신과 동일시하고, 그들이 맞부딪힌 온갖 기이한 상황 속에 자신을 밀어 넣는다. 들뢰즈와 가타리가 지적했듯, 역사적 위인들이 아니라 그들의 이름들 즉 기호들과 시시때때로 교접하며 동치되고, 또한 그들이 통과했던 모든 양태들 속을 자신 역시 부유하며 떠돌았던 것. '그것들이 나다! 바로 나야!'

이 같은 분열자의 길은 하나의 선물이다. 생물학과 물리학의 영역에서는 결코 허락될 수 없지만 시학의 터전에서는 항상-이미 벌어져 왔던 사건으로서의 분열. 아침의 내가 저녁의 나와 다를 때, 두 개의 나는 과연 동일한 나일까? 시간의 여정 속에 나는 너가 되고, 너는 또 다른 너로 분열하여 어디론가 유랑의 생을 지속하고 있지 않는가? 그래서 유랑은 언제나 흘러넘침이고 또 분주하게 다시 태어나는 과정이다. 통속어린 낙관에도 비관에도 함몰되지 않은 채, 이 도저한 삶의 현사실적 사태를 시의 언어 아니면 그 무엇으로 옮길 수 있을까?

이 길이 선물이 아니라면

햇살마다 눈부신 리본이 달려 있겠는가

아침저녁 해무가 젖은 눈빛으로 걸어오겠는가

이 길이 선물이 아니라면

고요가 풀잎마다 맺히고

벌레들이 저희끼리 통하는 말로

흙더미를 들추어 풍요하게 먹고 자라겠는가

길섶마다 돌들이

무슨 말이든 하고 싶어

바람을 따라 일어서겠는가

발뒤꿈치를 들어

나는 그저 어린 날 배운 노래를 흥얼거리며

걸어 보는 길

산꼭대기까지 올라간 눈이

여름이 되어도 내려올 생각 없이

까치처럼 흰 눈을 머리에 쓴 채

그윽한 눈으로 내려다보는 이 길

설산으로 향한

이 길이 선물이 아니라면

——「이 길이 선물이 아니라면」

"햇살마다" 걸린 "리본"을 보고, "벌레들이 저희끼리 통하는 말을" 듣고, "돌들"의 일어섬을 목격하는 것. 일상과 합리의 눈으로는 목격할 수 없는 이 현상들을 결코 시적 몽

159

유나 유희적 향락에 봉인하지 말자. 교환의 냉철한 규칙만
이 작동하는 "들끓는 자본주의"(「내가 TV라면」)로 폭주하
는 "문명의 속도"(「바퀴」)는 '나=나', '너=너'의 동일성과 연
속성만을 인정하는 일차원적 공간이다. 그러나 선물로 주
어진 "이 길"은 사건의 시공간. 즉 유-랑의 불연속으로 이
어지는 이 사건의 세계사는 상식의 언어로는 포착되지 않
고, 일상의 업으로도 환원되지 않는 "시시"한 비밀의 과정
아닌가? 그래서,

시는 침묵이 쓰는 것
시는 뼛속에 뚫린 구멍에서
태어나는
피리 소리
혹은 버섯 피는 소리를 받아쓴 작곡가처럼
아직 누설되지 않은 비밀에
눈과 코와 귀를 박는 것
빈 항아리처럼
허공을 향해 흐느끼는 속울음

그러니 시시!하던 내가
직업란에 무엇을 쓸 수 있을까
생애를 던졌다지만 어느 직업군에도 없는
그리운 이름 하나 되려고

기꺼이 시시! 하다가

원 없이 시시해지고 말았다

──「시시」에서

　재생, 사전적 어휘 그대로 다시 살아난다는 것은 불가능하다. 하지만 모든 삶을 사건적으로 경험하는 일, 나를 통해 너가 되고, 너로써 다시 나로 변모하여 또 다른 나의 양태로 전이해 가는 것. 그로써 벌레끼리 통하는 말을 알아듣고, "뼛속에 뚫린 구멍에서" 새 나오는 "피리 소리"를 언어로 담으며, 어느 누구에게도 "누설되지 않은 비밀"에 온 감각을 열어 놓는 것은 전적으로 가능하다. 제-생(諸-生), 유-랑하는 자에게 허락된 유일한 생명은 모든 삶을 살아보는 것, 세계사를 주파하고 '너'나 '나'의 이름에 갇히지 않은 존재자들과 마주치는 것이다. 이 모든 순간들을 시의 기호로 새겨두고 기념하지만, 동시에 곧장 또다시-삶과 또 다른-삶의 전변 속에 뛰어듦으로써 "이름도 무엇도 없는" 어딘가로 향하는 데 있으리라.

이름도 무엇도 없는 역에 나 도착했어

(중략)

벌레 먹어

땅에 나뒹구는 떫고 이지러진

이대로

눈물나게 좋아

이름도 무엇도 없는 역

여기 도착했어

──「나 도착했어」에서

이 무명의 지점이 완성이나 종언을 뜻하지 않음은 분명하다. 지도상의 거처나 추상적 이념의 목적지가 아니며, 도취한 자아의 비대해진 욕망을 선포하는 장소도 아닌 탓이다. "이대로/ 눈물나게 좋"다는 만족의 표명은, 이 목적 없는 유랑이 기실 매번의 재-생이자 제-생의 과정으로 이어지고 있음에 대한 긍정, 그 이상도 이하도 아닐 게다. 그것은 순전한 생성의 연쇄, 그 무한한 미-래에 바쳐진 시의 기념비가 아니겠는가?

하늘 아래 어느 작은 나라 여자들은

영원히 살 수 없으므로

비밀처럼 자리 하나를 비워 두어요

아기는 또 아기를 위해

비워 두고 비워 두고

그렇게 수놓기를 완성해 가요

그 나라가 어디 있느냐고

지구 안에 있는 나라냐고 묻지 마세요

글쎄, 말하자면 내가 만든 나라니까요

　　　　　　　　　　　　　　　 ─「내가 만든 나라」에서

　　시로 수놓아진 동화 속의 작은 나라를 연상해도 좋다.
그만큼 담백하고 따뜻한 감성이 넘쳐나는 시어들이니. 하
지만 시인이 몰래 숨겨놓은 중의를 잘 새겨 보자. 유한한
존재자로서 영원을 구가할 수 없는 "여자들"은 "아기"를 위
해 "자리"를 비워 두고, 그 "아기는 또 아기를 위해" 비워
두는 행위를 반복한다. 세대를 잇는 이 과정에 가부장의
성씨나 재산, 허명과 권력을 위한 공간은 없다. 새로운 삶
을 위한 자리, 오직 그것만이 계속해서 남겨질 따름이다.
누구를 위해? 그것은 "내가 만든 나"라니까요. 내게서 이
탈한 나. 그렇기에 나이지만 또한 나 아닌 나. 너라고 불러
도 좋은 나이지만, 너와도 정확히 같지는 않을 너. 동일성
을 노정하지 않는 그 비워 둠의 행위가 바로 "다 만든 옷
을 잘라 미완성을 만"드는(「디자이너 Y」) 사건의 창안이다.
'나=나'가 아니고, '너=너'도 아니기 위해서는 시간의 행정
속에 '나'와 '너'의 일부를 잘라내 빈틈("자리")을 만들고,
거기에 미지의 "아기"를 채워 넣어야 한다. 그렇게 태어나는
"시의 나라"는 "지도에는 없지만 미래 같은" 시공간일 것이
며, 그곳은 "비워 두고 비워 두"는 차이의 반복을 거쳐 이
어질 미─래에 존재할 것이다(「내가 만든 나라」). 이 매번의
탄생과 경험, 사건의 연쇄를 적어둔 기록이야말로 무수히

세워질 이 나라의 기념비들 아닐까? 결코 종료되지 않는, 오로지 항상 건립되는 순간들로써만 그 의미를 상실하지 않는.

5 기념-비, 무지와 망각

그러나 "오직 실패한 작품만이 성공"(「내가 TV라면」)이라는 금언은 이 유랑과 창조의 행로가 언제든지 끝날 수 있음을 불안스레 예고한다. 성공이 회자되고 시인의 명성이 드높아질 때, 역으로 시는 실패할 것이며 죽고 사라질 것이기 때문이다. 문제는 시인이 태어나지 못함에 있기보다 죽지 못함에 있는 것. 자신의 이름과 영예를 영원에 새겨 넣고자 욕망할 때, 작품은 성공할지언정 시는 반드시 죽을 것이다.

> 시인의 장례식은 없어요
> 시인이 죽고 난 후
> 시인의 시가 사라질 때
> 그때 시인은 죽는다고 해요
> 시인은 장례식 없이 망각으로 사라지거나
> 책 속에 살아 있어요
> 시인의 장례식은 시간이 치르어요

시인은 노래하고 사랑하고 분노할 뿐이어요

어떤 시인은 영속(永續)에 대한 갈망으로

서둘러 시비를 세우고 기념관을 짓지만

그런 시인일수록 목숨이 죽자마자 죽는다고 해요

시인의 장례식은 없지만 아니 장례식을 한 후에도

천년을 사는 시인도 있어요

지상의 집에는 맞지 않은 열쇠를 들고

가문도 족보도 없이 떠도는

시인은 물결에다 시를 써요

　　　　　　　　　　　　　　　──「시인의 장례식」

　단단한 돌 위에 멋드러진 시구를 올리고, 이름 석자를 새겨 넣는 일. 그것이 기념비다. 문자의 추상 관념을 석재 질료의 표면 위에 현상하게 만드는 기적. 자신의 작품과 이름이 명시됨으로써 영원한 생명을 얻었다는 자부심을 가질 법하다. 하지만 바로 그 순간부터 물질적 질료가 시를 지배하고 시인은 석비 속에 영원히 수감된다. 푸슈킨의 시구마냥 "사람들의 발길이 끊이지 않"는 동안 시는 존속할 것이다. 그러다 언젠가 누구 하나 찾지 않을 시절이 올 때, 기념의 시비는 어느 이름 모를 망자의 비석보다 얼마나 더 나을 것인가?

　따라서 기념-비(非), 곧 시적 사건은 결코 기념-비(碑)가 되어서는 안 된다. 영구할 수 없음을 받아들이고, 그 슬픔

을 "몸에 둘둘 감"은 채(「슬픔은 헝겊이다」), "아픔의 비늘로/
피륙 위에/별을 새"겨 넣어야 한다. 사건의 기록으로서 기
념비는 헝겊처럼 몸을 감싼 살갗 위에 새겨놓는 임시의 기
호들일 뿐, 육체가 다하는 순간 그 유효기간도 만료될 것이
다. 따라서 육신의 장례식이 치러질 때, 몸 밖에서 살아나
얼마나 사람들의 마음에 남을 수 있는지 시험받아야 한다.
돌벽 위에 또 흙벽 위에 난해한 문자들을 쪼아 사건을 기
록하지 말라. 어제의 나가 내일의 나로부터 분리될 수 있도
록, 너가 되고 또 다른 너로 전이하여 다시 나로 환생할 수
있기를 기대하는 무지 속에 사건을 놓아두라. 그 알 수 없
음의 과정만이 시에게는 하나의 사건이 될 것이니.

　　나를 모르는 것은
　　누구보다 나인지도 모른다
　　(중략)

　　누가 만든지도 모르는 가면을 쓰고
　　자만과 착각을 반복한다
　　이름도 눈도 없는 나
　　모른다! 모른다는 것만이 내 것이다
　　내가 가장 사랑하는 것은 무엇인가
　　그것도 모른다
　　'모른다'를 발명한 사람도 있으니

그럼 나의 것은 무엇인가
나를 낳은 것은 나인가
나를 모르는 것은
누구보다 나인지도 모른다

― 「모른다」에서

무지의 역설, 그 무한순환의 궤적이야말로 시적 사건의
세계사일 터. "나 태어날 때/ 울었다는데/ 왜 울었는지 잊
어버렸다"(「잊어버렸다」). 망각은 인간학적 애상이나 비애,
슬픔이 아니다. 니체가 가르쳤듯, 망각은 삶을 시작하게 해
주는 가장 큰 힘이고, 다시-삶과 다른-삶을 위한 착상의
시작이라 불러도 좋을 게다. 무지와 망각을 통해서만 나-
시인은 떠날 수 있고, 너-시인과 만날 것이며, 또 서로 헤어
질 수조차 있을 것이다. 너든 나든 그 누구든 "시의 혈족"
(「아도니스」)이라면 모름과 잊음의 발걸음으로 매 순간 다른
곳을 찾아낼 것이다. "시인이 서 있는 곳은 어디든 망명지
이다." 기억하자. 자유롭게 흩어지는 시는 시인을 어디로든
떠나도록 재촉하고, 이로써 그의 망명지는 세계 전체가 되
리라는 사실을.

저녁에
거울을 보니
난생처음 와 본 곳이다

(중략)

나는 나인가? 탯줄에서 잘려 나와
홀로 헤맨 거칠고 먼 길
사금처럼 뼈에 박힌 후회와
낡은 옷 한 벌
이것만이 내 것이라
거기에다 사랑을 한 데 꼬아
밧줄 하나 더하면
헛 구멍처럼 열린 벌판이다

허풍쟁이처럼 외쳐 본다
처음 나는 인간이었다
지금 나는 세계이다

——「나는 세계이다」에서

세계와 나, 혹은 너. 또는 그 누구인지 모를 어떤 누구.
이 여정을 거치며 해야 할 일은 오직 하나다. "시를 잉태
하고 낳는 일이라면/ 어떤 피임도 하지 않"으면서(「알몸 뉴
스」), "사랑도 모른 채 아이를 낳고/ 언어도 모르면서 시를"
쓰는 것이 그것이다(「야간 비행」). 아이러니컬하게도, 이 도
정은 필연코 기념비들을 줄 세우고, 세인들 앞에 자신을
과시하는 "고딕체 비석들의 땅으로" 시인을 이끌 것이다. 그

렿다면 끊임없이 분열하고, 시를 해방시키던 그의 모든 노
고는 헛수고에 불과했을까?

여기까지 나를 끌고 온 것은
무엇인가
나는 시에게 물어보았지만
시는 답을 주지 않았다

(중략)

여기까지 나를 끌고 온 것은
무엇인가
앞으로 날면서 머리는 돌려 뒤를 보고 난다는
신화속의 새 필리스틴처럼
나는 기억을 꺼내 시를 쓰며
앞으로 가며 묻는다
세계가 비정상인데
나는 왜 정상이어야 할까
　　　　──「여기까지 나를 끌고 온 것은 무엇인가」에서

　시인은 시와 자신, 자신과 또 다른 자신, 세계 사이의 무
한한 분열을 목도한다. "비정상"은 세계를 탓하기 위해 선
택한 단어가 아닐 듯하다. 어쩌면 "정상"이라 불리는 척도

란 있을 수 없다는 것, 그래서 비정상 곧 규정 불가능한 운동과 흐름만이 세계와 나, 너, 모든 것의 원리임을 긍정해야 한다는 의미일 것이다. 기념-비(非), 그것은 고정되고 절대화된 어떤 무엇도 가능할 수 없음을 통찰하는 반(反)시학적 명명이리라. 그렇게 시인은 줄지어 늘어선 기념비들에 무심히 등을 보인 채, 그 어떤 기념비도 최종적으로 완성될 수 없음을 확신하면서 다시 유랑에 나설 것이다. "아무나 만졌지만 누구도 만지지 못"하는 기념비를 염원하며(「부엉이 시인에 대한 기억」).

> 시계는 시시각각
> 골목을 배회하는 헛웃음
> 유랑이 아니라면 나는 누구인가
> 펜과 깃털을 따라
> 희희낙락 위대한 떠돌이나 될까
>
> ──「펜과 깃털」에서

* * *

시력 50년을 훌쩍 넘어선 시인의 글쓰기를 몇 장의 종이에 요약하는 것은 불가능하다. 그는 시를 쓰지 않고, 시를 낳았다. 아니, 더 정확히 말하자면 항상 다른 시로 태어났다. 바꿔 말하면, 시를 낳을 적마다 그는 다른 시인이 되었고, 태어난 시로 인해 또 다른 시인으로 변모해 왔다. 이 과정을 나는 감응의 산파술이라 부르고 싶다. 언어가 지닌 논리나 사유의 법칙을 벗어나, 유랑의 자리마다 시인이 수용했던 감응을 문자의 힘으로 녹여내 발출하는 과정이 꼭 아이를 끌어내는 산파의 몸짓을 연상시키기 때문이다. 기이하게도, 태어난 아이와 산모, 산파는 하나이다. 셋인 동시에 하나, 혹은 그 이상의 다수적 형상 속에 다시 또 분기해 가는 유-랑의 여정. 시인은 언제나 하나였지만 또한 둘이고, 셋이나 넷으로, 무수한 나와 너의 그들로 분열을 이어갈 것이다. 그렇기에 문정희의 시작을 기리는 기념비는 영원히 완성될 수 없는 기념-비로 남아있지 않을까. 그가 첫머리에 이미 적어 놓았듯.

늘 새로 태어나기 바빠
해가 기울어 간 것도 몰랐다.

살과 뼈
들끓는 나로 시를 살았다

미완성으로 완성이다

지은이　　　문정희

1947년 전남 보성에서 태어나 서울에서 성장했다. 1969년《월간문학》
신인상으로 등단했다. 『남자를 위하여』, 『오라, 거짓 사랑아』, 『양귀비꽃
머리에 꽂고』, 『다산의 처녀』, 『나는 문이다』, 『웅』, 『지금 장미를
따라』, 『작가의 사랑』 등 다수의 시집과 장시집을 비롯해 『시의
나라에는 매혹의 불꽃들이 산다』 등의 에세이집이 있다. 현대문학상,
소월시문학상, 정지용문학상, 육사시문학상, 목월문학상, 청마문학상,
대한민국 문화예술상을 비롯해 스웨덴 하뤼 마르틴손 재단이 수여하는
시카다(Cikada) 상을 받았다. 고려대학교 문예창작과 교수, 동국대학교
석좌교수를 역임했다. 14권의 시집이 영어, 프랑스어, 독일어, 스페인어
등 10개 언어로 번역되었다.

오늘은 좀 추운 사랑도 좋아

1판 1쇄 펴냄 2022년 8월 26일
1판 3쇄 펴냄 2024년 4월 30일

지은이 문정희
발행인 박근섭, 박상준
펴낸곳 (주)민음사

출판등록 1966. 5. 19. (제16-490호)
서울특별시 강남구 도산대로1길 62(신사동)
강남출판문화센터 5층 (06027)
대표전화 02-515-2000 / 팩시밀리 02-515-2007
www.minumsa.com

ISBN 978-89-374-0919-6 04810
　　　978-89-374-0802-1 (세트)

• 잘못 만들어진 책은 구입처에서 교환해 드립니다.

민음의 시

민음의 시
목록